인간이 그리는 무늬

욕망하는 인문적 통찰의 힘

인간이 그리는 무늬

욕망하는 인문적 통찰의 힘

초판 발행일 2013년 5월 6일
개정판 발행일 2023년 12월 10일

지은이 최진석
펴낸이 유현조
편집장 강주한
디자인 연못
인쇄·제본 영신사
종이 한서지업사

펴낸 곳 소나무
등록 1987년 12월 12일 제2013-000063호
주소 경기도 고양시 일산서구 중앙로 1542 신동아노블타워 653호
전화 070-4833-5784
팩스 070-4833-5004
전자우편 sonamoopub@empas.com
전자집 post.naver.com/sonamoopub1

ISBN 978-89-7139-110-5 03810

인간이 그리는 무늬

욕망하는 인문적 통찰의 힘

최진석 지음

인문의 숲 속으로 들어가며
저기, 사람이 내게 걸어 들어오네

세계적인 가수 싸이는 YG엔터테인먼트 소속이지요. 그 회사를 이끌고 있는 양현석 대표가 어느 인터뷰에서 다음과 같이 말합니다.

> 남들이 2000억 부자라고 한다. 생각해 보자. 삶에서 보람된 일이 뭘까. 재산이 2조 원이 있으면 만족할까. 그렇지 않다. 돈은 내가 하고 싶은 일을 하기 위해서 필요한 거다. 나는 돈을 벌기 위해서 음악을 하지 않았다. 90년대 힙합이 뿌리내리지 않았을 때도 지누션과 원타임을 만들었다. 당시 힙합은 돈이 되지 않았다. 내가 너무 좋아하는 음악이어서 대중과 나누고 싶었다. 지금도 그렇다. 즐겁기 때문에 음악을 만들지 억지로 돈을 벌려고 앨범을 낸 적은 없다.
>
> ──『매일경제신문』2013년 1월 2일자

크게 무언가를 성취한 사람들은 대개 이런 투로 말합니다. 좋아서 하다 보니까 그렇게 되었다는 것이죠. 사실 빌 게이츠나 스티브 잡스의 성공담도 크게 다르지 않습니다. "내가 너무 좋아하는 음악이어서 대중과 나누고 싶었다." 저는 이 한 구절이 오늘의 양현석 대표를 있게 한 것이라고 믿습니다. 이 '좋아하는'을 통해서 그는 다른 누구가 아니라 바로 양현석 '그 사람'이 되었습니다. 싸이도 왜 성공했을까요? 마찬가지입니다. 하고 싶은 대로 질러 버렸기 때문일 것입니다. 그래서 독창적일 수 있었죠.

'좋아하는'을 통하면 확실히 보편적인 기준이나 합리적 계산 혹은 객관적 표준 등을 벗어납니다. 누구나 숭앙하는 '이념'을 따르지 않습니다. 모두가 가치 있다고 믿는 사회적 합의를 추종하지도 않습니다. 체계를 초월할 수 있지요. 자신만의 욕망에 집중할 뿐입니다. 자기 내면에 비밀스럽게 웅크리고 있으면서 불현듯 일어나는 충동질, 자기만의 고유하고 비밀스런 어떤 힘을 따릅니다. 욕망을 따르는 사람은 '우리' 가운데 한 명이 아니라 고유한 바로 '그 사람'으로 살아 있습니다.

이미 정해진 프레임을 근거로 소소하게 따지고 계산하는 사람은 크게 성취하지 못합니다. 모든 큰 성취는 새로운 프레임에 대한 기대로부터 나오지요. 창조적이라는 것입니다. 세세하게 따지는 일은 이미 있는 프레임을 기준으로 사용하며 진행되지요. 정해진 것을 기준으로 세밀하게 따지는 작은 가슴을 가지고 어떻게 시대를 가르는 돌파를 해낼 수 있겠어요? 번잡스럽고 자잘한 고려나 계산들을 일거에 무너뜨리고 감각적인 통찰을 믿고 나아가야지요. 이래야 대인배입니다. 비로소 '사람'이지요. 왜 비로소 사람이냐? 가치 표준에 의해 인도되지 않고, 자기에게만 고유하게 있는 비밀스런 힘에 의해서 움직이기 때문입니다.

사람으로 존재한다는 것은 개념의 구조물인 이념에 지배되지 않고, 피가 통하고 몸이 살아 움직이는 활동성을 위주로 한다는 것이죠. 활동하게 하는 힘이 있다는 것이죠. 이 힘이 바로 욕망이며 덕이며 개성이며 기질이며 감각입니다. 이런 것들을 바탕으로 할 때, 우리는 이념이나 가치관 혹은 신념의 대행자가 아니라, 비로소 '사람'으로 살아갈 수 있게 됩니다.

이야기 하나 더 해볼까요? 2013년 1월 3일에 방영된 〈무릎팍 도사〉에 영화 〈매트릭스〉 감독으로 유명한 워쇼스키 남매가 출연했습니다. 대학을 자퇴하고 목수 일을 잠깐 하다가, 굶어 죽어도 좋다는 생각으로 극작가가 되었더군요. 그때 "그래도 대학은 졸업해야 되는 것 아닌가?"랄지 "일단 직업을 가지고 생활을 안정시키는 것이 바람직한 것 아닌가?"라는 생각에 굴복했다면 지금 같은 위대한 감독이 될 수 없었을 겁니다. 마음속에서 불쑥불쑥 튀어 오르는 비밀스런 내면의 충동을 억누르면서 자신을 줄여 나가면, '사람'이기 어렵습니다.

경지 정리가 매끄럽게 잘된 땅에서 누구나 심으려고 하는 작물을 심고 남들보다 더 잘되기만을 바라는 경쟁적인 요행심을 갖는 것보다 차라리 측량도 안 된 황량한 들판에 서서 땅과 자신의 관계를 근본적인 차원에서 다시 고민하는 우직한 자, 자와 컴퍼스로 그려진 정치한 설계도에만 의지하는 것보다 집 지을 땅 위에 서서 바람의 소리를 따르고 태양의 길을 살펴 점 몇 개와 말뚝 몇 개로 설계를 마무리할 수 있는 자, 외국 철학자들 이름을 막힘없이 들먹이면서 그 사람들 말을 토씨 하나까지 줄줄 외우는 것보다 거칠고 투박하더라도 애써 자기 말을 해보려고 몸부림치는 자, 이념으로 현실을 지배하려 하지 않고 현실에서 이념을 새로 산출해 보려는 자, 믿고 있던 것들이 흔들릴 때 두려워하지 않고 오히려 그것을 축복으로 받아들이는 자, 이론에 의존해 문제를 풀려 하지 않고 문제 자체에 직접 침투해 들어가는 자, 봄이 왔다고 말하는 대신에 새싹이 움을 틔우는 순간을 직접 경험하려고 아침 문을 여는 자, 하고 싶은 말을 하지 않고 참을 수 있는 자, 들은 말을 여기저기 옮기지 않을 수 있는 자, 옳다고 하더라도 바로 행동하지 않고 조금 더 기다려 볼 수 있는 자, 자기가 가지고 있는 지식의 체계를 뚫고 머리를 내밀어 볼 수 있는 자, 호들갑스럽지 않고 의연한 자, 기다리면서도 조급해 하지 않을 수 있는 자, '해야 할 무엇'보다 '하고 싶은 무엇'을 찾는 데 더 집중하는 자, 십여 시간이 넘는 비행 여정에서도 내릴 때까지 시계를 한 번도 안 볼 수 있는 자, 아는 것에 제한되지 않고 오히려 그것을 근거로 모르는 것으로 넘어가려 하는 자, 이성으로 욕망을 관리하지 않고 오히려 이성을 욕망의 지배 아래 둘 수 있는 자, '나'를 '우리' 속에서 용해되도록 내버려 두지 않을 수 있는 자, 모호함을 명료함으로 바꾸기보다는 모호함 자체를 품어 버리는 자, 자기 생각을 논증하기보다는 이야기로 풀어 낼 수 있는 자, 남이 정해 놓은 모든 것에서 답답함을 느끼는 자, 편안한 어느 한편을 선택하기보다 경계에 서서 불안을 감당할 수 있는 자, 바로 이런 자들이 '사람'입니다. 이성이 아니라 욕망의 힘이 주도권을 가진 것이지요. 그런 자가 내 작은 정원의 문을 빼꼼히 열고 들어올 때, 저는 비로소 공간에 갇힌 시간이 튀어나오는 느낌을 받으며 나지막하게 말하지 않을 수 없습니다.

"저기, 사람이 내게 걸어 들어오네."

첫 번째 인문의 숲

인문적 통찰을 통한 독립적 주체되기

인문학, 넌 누구냐?

'인문학' 하면 여러분은 어떤 생각이 드십니까?

흔히 철학과 문학 그리고 사학 등이 포함된 학문 영역을 인문학이라고 하지요. 어떤 것들을 인문학이라고 하는지 대충 감은 잡히실 겁니다. 그런데 인문학이라고 하면 대개는 어떤 반응을 보이나요? 왠지 그럴싸해 보여서 공부해 보고는 싶지만 좀 어려울 것 같다랄지, 읽어 봐도 뭐가 뭔지 잘 모르겠다랄지, 뭐 이런 얘기를 많이들 하시더군요. 인문학은 어렵고 막연한 '무엇'이라는 생각에 선뜻 눈과 귀가 쏠리지 않는다는 얘기일 테지요.

그리고 또 인문학 하면 경제적으로 어느 정도 먹고살 만해지고 생활도 안정되고 자식도 다 키운 다음에, 즉 인생을 어느 정도 살고서 죽기 전에 내가 살았던 의미가 무엇인가 한 번 되돌아보는, 어떤 향유의 대상으로 보기도 합니다. 곧, '지금' '이곳'에 존재하는 나에게 꼭 필요한 '무엇'이 아니라, 언제일지 모를 먼 훗날에 여력이 되면 한번 즐겨 볼까 하는 막연한 '무엇'이라는 얘기이기도 하겠지요.

어찌 된 일인지 경제적인 성취가 있고 신분상 지위가 있는 사람들은 그래도 인문 고전을 많이 읽으려는 것 같고, 우선 닥치는 일을 먼저 처리하면서 하루하루 힘겹게 열심을 다해 살아야 하는 사람들은 인문 고전을 그리 가깝게 접하고 있는 것 같지 않습니다. 한편 선진국에서는 인문 고전 교육을 강조해서 하는 것 같고, 후진국에서는 인문 고전 교육을 지금 당장은 필요하지 않은 것으로 보는 것도 같습니다.

그래서 인문학은 가치가 있고 뭔가 있어 보이는 듯싶지만 아직 나의 것은 아닌 듯한 느낌을 주기가 십상이지요. 큰 틀에서 가치 있고 의미 있는 것처럼은 보이는데 아직은 아니다라는 생각들을 하기 쉽습니다. 가난하더라도 평생 글이나 읽으면서 안빈낙도 하는 것이 차라리 낫다고 생각하는 사람들이나 감히 덤빌 수 있는 것이라고도 보지요. 그래서 인문학은 가난, 비효율, 비실재적 등등의 느낌을 주는 것으로 받아들여집니다.

그런데요, 과연 그럴까요? 인문학이란 마냥 어렵고 막연하며, 해야 할 일을 하고 난 다음에 여유 있을 때 한 번 공부해 볼 만한 것 정도일까요? 도대체 인문학이란 우리에게 무엇일까요?

언제부터인가 우리 사회는 인문학을 배우자, 인문학적으로 사고하자, 인문학적 소양이 필요하다 등등의 주장을 다투어 말하고 있습니다. 매스컴이나 기업 또는 각종 단체들에서 인문학 강좌를 열기도 하고, 인문학을 주제로 한 이른바 교양서적들도 쏟아지고 있잖아요? 이렇게 인문학이 우리 곁에 바투다가와 있는 것 같은데, 아직 인문학이란 놈을 어디에 어떻게 써먹어야 할지 그 쓸모가 모호할 뿐이니, 인문학을 업으로 삼아 온 저 역시 답답하네요.

그래서 저는 인문학이란 것의 정체가 무엇인가, 인문학이 오늘 우리한테 해줄 수 있는 것이 무엇인가, 그리고 인문학을 통해서 내가 어떻게 독립적 주체가 되는가, 즉 어떻게 내 삶의 주인이 되는가, 하는 문제를 여러분들과 이야기해 보고 싶습니다.

이 책은 여러분과 제가 함께 품어 온 질문과 호기심을 열쇠로 삼아 인문의 숲으로 들어가는 문을 열고, 그 안에서 한번 마음껏 유영해 보려는 질펀한 욕망의 이야기가 될 것입니다.

자, 가볍게 심호흡을 하시고, 저와 함께 인문의 숲 속으로 발걸음을 옮겨 보실까요? 준비가 되셨다면, 이렇게 외쳐 봅시다.

인문학, 넌 누구냐?

스티브 잡스와 소크라테스

스티브 잡스는 이미 신화입니다. 이 신화의 내용은 무엇이냐, 바로 세기century를 다르게 했다는 겁니다. 획기적이었다는 말이지요. 잡스가 만든 전화기, 즉 스마트폰은 더 이상 전화기가 아닙니다. 그는 전화기를 단순히 통신을 하는, 커뮤니케이션을 하는 수단에 머물게 하지 않고 인간의 손 안에다 세계를 쥐어 줬어요. 스티브 잡스, 그의 신제품이 발표될 때마다 세계가 긴장하고 열광했던 까닭입니다.

인류의 긴 역사를 단순화해서 보면, 처음에 인간은 자연이나 신의 큰 품 안에 있는 소속물이었습니다. 서구적 개념으로 보면 고대나 중세가 이러하였지요. 그러던 인간이 이른바 근대라는 시대를 지나면서 인간을 품고 지배하던 자연이나 신으로부터 독립하여 그것들과 정면으로 맞설 수 있는 존재로 상승합니다. 이때 인간은 비로소 현명하고도 효율적으로 자연을 통제하면서 자신의 힘을 극대화시킬 수 있는 능력을 가진 존재로 자각되지요. 그 능력이란 다름 아닌 '이성'입니다. 이성을 가진 인간은 그 이성을 잘 발휘하여 도덕적 삶을 살 수 있을 뿐 아니라 자연을 지배하고 변형시킬 수도 있게 되었습니다.

그런데 이때 이성이란 욕망과는 다르게 나 혼자만이 지닌 것이 아니라, 인간 모두에게 공통된 것입니다. 즉, 이성을 발휘하는 인간은 집단으로서 이해되는 존재입니다. 인간이 집단을 이루어 힘을 발휘하는 형국이지요. 그런데 현대로 들어와 과학기술 문명이 발전하면서 이 집단으로서의 인간은 분화가 되죠. 개인이 힘을 가지게 된 것입니다. 이전에는 인간이라는 개념을 이해할 때는 당연히 집단으로서의 의미로 이해했지만 이제는 개별자로서의 인간을 통해서 인간을 이해하게 되었다는 뜻이지요. 쉽게 말한다면 '우리'에 비중을 두는 것이 아니라 '나'에게 비중을 두게 됩니다. 이것을 기술 문명의 발전을 통해서 구체적으로 설명한다면 어떻게 할 수 있을까요?

이러한 경향이 드러난 대표적인 현대 기술 문명은 무엇일까요? 바로 컴퓨터입니다. 사람이 전체 세계와 관계하는 구도를 생각해 봅시다. 그 이전에는 여러 사람의 힘과 재능을 합쳐야 그것이 비로소 가능했습니다. 그런데 이제는 어떻지요? 컴퓨터 한 대만 있으면 이 세계와 직접 관계할 수 있습니다. 한 사람이 컴퓨터 앞에 앉아서 이 세계와 '맞짱'을 뜰 수가 있다는 얘기입니다. 그 이전에 인간은 반드시 여럿이 힘을 합쳐야 힘을 발휘했지만, 이제 인간은 혼자서도 힘을 발휘할 수 있는 조건을 가지게 된 것이죠. 이 조건을 스티브 잡스는 더욱 발전시켰어요. 스마트폰을 개발하기 이전에는 인간이 혼자서 세계와 맞짱 뜰 수 있었다 하더라도 고정된 위치에서만 가능했지요. 한 곳에 자리 잡고 있는 커다란 컴퓨터가 있어야 그 일을 할 수 있었으니까요.

그런데 스티브 잡스는 세계와 관계하는 이 메커니즘을 혼자 있는 인간의 손에다 쥐어 줬어요. 물론 그 이전에 노트북이 있어서 세계와 상대하는 일을 개별적 인간에게 가능하도록 조건을 만들어 주었을 뿐만 아니라 이동성도 확보해 주긴 했죠. 하지만 그것을 작은 손바닥 안에다 옮겨 주지는 못했습니다. 함께 작동하는 수많은 어플리케이션은 또 어떻습니까? 그 수많은 어플리케이션은 거대 조직에서 주어지는 것이 아니라, 작은 개별적 인간들이 자신의 욕구와 필요에 따라 선택할 수 있도록 되어 있습니다. 이 얼마나 큰 변화입니까?

이러한 변화를 통해 인간의 힘이 커졌습니까? 작아졌습니까? 당연히 커졌지요. 집단을 이루어야 힘을 발휘할 수 있는 인간과, 세계를 손 안에서 다룰 수 있는 인간하고는 질적으로 다른 유형의 인간이 된 것이에요. 이 질적으로 달라진 인간의 유형을 다르게 볼 수 있는 눈, 그것이 우리에게 필요합니다.

그렇다면 스티브 잡스는 어떻게 해서 인간을 전혀 다른 유형으로 만들어 낼 수 있었을까요? 잡스는 지금의 인간은 무엇을 욕망하는가, 어떤 방식을 통해서 일을 해야, 또 어떤 방식을 통해서 커뮤니케이션을 해야 더 행복해 하는가 하는 것을 생각한 사람입니다. 잡스는 돈을 더 벌려고 하거나 더 좋은 제품을 만들려고 한 것이 아니라 인간의 행복에 대해서 생각했다는 뜻이지요. 달라진 유형의 인간에게 제공할 수 있는 새로운 유형의 행복! 이것을 생각할 수 있었다는 것이 위대함의 출발입니다.

물론 스티브 잡스가 인간의 행복을 위한 헌신적인 생각에 사로잡혀 있었다는 말은 아닙니다. 제가 중요하게 보는 것은 인간이 과학기술 문명의 변화에 따라 다른 인간으로 변모해 가며, 다른 유형의 인간으로 새로워지고 있다는 사실을 알아채고 거기에 적응하려고 했다는 사실입니다. 이것은 일견 쉬워 보이지만 절대 쉬운 일은 아닙니다. 자기가 하는 일을 구성하는 기존의 프레임을 지키고 거기서 더 나아지려고 하는 일이 보통 사람들의 행동인데, 이 행동 양식을 벗어나서 프레임 자체를 관찰하고 그 프레임 자체를 달리 하려는 생각을 한다는 게 쉬운 일은 아니죠. 이런 사유의 패턴을 가지고 자기가 하는 일에 몰두한다는 것, 이것이 위대함의 출발이라는 얘기입니다.

스티브 잡스가 이런 재미난 말을 했어요.

"소크라테스하고 한나절을 보낼 수 있다면 애플이 가진 모든 기술을 주겠다."

소크라테스는 철학자이고, 철학은 인문학을 대표하는 학문입니다. 철학은 인간이 움직이는 모양을, 즉 인간이 움직이는 동선을 가장 분명하고 명징하게 보여주는 학문입니다. 철학자는 인간이 어떻게 움직이는가 하는 것에 관심을 가지고 관찰하는 사람이지요.

그럼 스티브 잡스가 겨우 한나절 시간의 대가로 지금 애플이 가진 모든 것을 다 주고서라도 철학자 소크라테스를 필요로 하는 이유는 뭘까요? 인생을 즐기기 위해서입니까? 아니면 죽음이 다가오는 자기를 달래기 위해서입니까? 아니면 자기 인생의 의미를 분명히 세우기 위해서입니까?

모두 다 관계가 될 수 있습니다. 그렇지만 스티브 잡스는 분명히 알고 있었어요. 제대로 된 철학자와 한 끼 식사를 하면 많은 돈을 벌 수 있다, 소크라테스 같은 위대한 철학자한테 이야기를 들으면 그 밥값으로 지금 가진 재산을 다 쓸지언정 그보다 더 많은 돈이 생길 것이다, 이런 확신이 있었던 것이지요. 즉, 인간이 움직이는 흐름을 읽는 능력을 갖춘 사람이라야 성공할 수 있다는 걸 알았던 것이죠.

철학을 구체적 삶의 작동과 관련시켜 볼 수 있는 사람과, 구체적 삶의 현상과 유리된 어떤 개념 체계로만 이해할 수 있는 사람 사이에 존재하는 수준 차이라는 것은 엄청납니다. 철학 등과 같은 인문학은 단순히 추상적인 삶의 의미나 가치 등을 알게 해주는 데 머무르는 것이 아니라 구체적으로 큰 성취를 가져다 줄 수 있습니다. 권력도 인문학적 통찰을 통하면 쉽게 잡을 수 있습니다. 스티브 잡스는 철학을 '생존'과 연관시켜 볼 수 있는 능력을 가지고 있었습니다.

그래서 스티브 잡스는 이런 말을 남겼습니다.

"애플의 DNA는 기술에만 있는 것이 아니다. 애플의 기술은 인문학과 결합되어 우리의 심장이 노래하는 놀라운 결과를 만들어 냈다."

또, 잡스는 신제품 아이패드를 소개하는 자리에서, 애플의 정체성에 대해 이렇게 말하기도 했습니다.

"애플은 언제나 인문학과 기술의 교차로에 서 있다."

잡스와 애플 신화의 원동력은 바로 인문학에 있었던 것입니다.

사실, 잡스 신화는 부풀려지거나 왜곡된 면이 없지 않을 수도 있습니다. 폐쇄성과 비밀주의로 대표되는 애플의 기업 문화는 여전히 논란거리이고, 잡스의 경영 철학이나 그의 인간적 면모 등을 비판적으로 살피는 사람들도 있겠지요.

하지만 잡스가 기술과 인문학의 결합을 끊임없이 고민하여 세계를 혁신한 인물이라는 사실은 분명합니다.

우리가 주목해야 할 것은 잡스가 이룬 '성공'이 아닙니다. 잡스는 인간이 변화해 가는 맥을 이해하는 것이 무엇보다 중요함을 알고 있었다는 것과, 또 그것을 집요하게 '관찰'할 수 있는 태도를 가지고 있었다는 점을 주의 깊게 살펴야 합니다. 우리는 스티브 잡스의 신화를 접하면서, 잡스가 어떻게 인문학적으로 기술을 개발했는가, 그 사람은 어떻게 인문학과 기술을 예술적으로 결합했는가를 보는 것이 중요하지 않을까요?

현재를 통찰하는 인문의 더듬이

지금 우리나라에서 진행되고 있는 중요한 유행 혹은 흐름 가운데 하나는 바로 인문학 열풍입니다. 저는 이것을 한국전쟁 이후에 한국 사회에서 일어난 가장 의미 있는 현상 가운데 하나로 보는데요, 왜 그럴까요? 그것은 한국 사회가 이제야 '독립적 주체'로의 변화를 도모하는 것으로 읽히기 때문입니다.

어느 사회나 초기 단계에서는 대개 정치학과 법학이 중심적인 기능을 하지요. 그런데 사회가 좀 발전하고 나면 경제학, 경영학, 사회학 등의 학문이 주도적인 기능을 합니다. 그 다음에 사회가 좀 더 발전하면 철학이나 심리학 같은 인문학이 중심 학문으로 등장하지요. 이보다 더 발전한 나라에서는 고고학이나 인류학이 주요 학문으로 부상합니다. 고고학이나 인류학을 발전시켰던 나라들을 보면 대개 제국을 꿈꿨던 나라들이에요. 인간을 전체적인 의미에서 제국의 틀 안으로 끌어들여 관리할 수 있어야 하기 때문이었죠. 나라가 제국을 꿈꿀 정도가 되어야 고고학이나 인류학의 범위에서 인간을 이해하려고 하는 것입니다.

철학 등과 같은 인문학이 중심이 된다는 것은 문명과 인간의 흐름을 독립적으로 판단하여 미래를 위한 비전과 메시지를 주도적으로 결정해야 하는 수준에 이르렀다는 의미입니다. 선진국이라고 불리는 다른 나라에서 정한 비전이나 메시지를 학습해서 그대로 수행하거나 모방하는 역할로 만족하지 못하고 이제는 메시지를 스스로의 힘으로 창조, 선택, 판단해야 하는 정도로 나라의 수준이 올라서야 인문학이 중심적인 기능을 하게 되는 것이지요.

인문학은 개인이나 국가의 진정한 '독립성'과 깊이 관련됩니다. 주도권을 잡으려는 노력의 표현인 것이지요. 이런 의미에서 저는 지금 한국에서 불고 있는 인문학 열풍은 세계 속의 한국의 진정한 정체성과 독립성을 확보하고 성장하기 위한 열망이나 필요와 깊이 연관된다고 보는 겁니다. 선진국으로 진입하느냐 진입하지 못하느냐의 문제를 다른 말로 표현하면, 인문학이 중심 기능을 하는 사회로 진입하느냐 진입하지 못하느냐의 문제라 할 수 있어요.

한국은 오랜 시간 '독립적 주체'로서 사고를 해본 경험이 별로 없습니다. 조선시대에는 중국에서 생산된 이데올로기를 중심에 놓고 살았어요. 물론 독립적이고 주체적인 흐름이 없었던 건 아니지만 주도적인 이데올로기는 여전히 중국의 그것이었지요. 일제 강점기 시절에 독립운동의 흐름과 같은 주체적 노력이 있었다고 하더라도 여전히 일본식 이데올로기가 전체적으로 강제되어 있었습니다.

해방 이후에는 어떠했나요? 미국의 덕택으로 해방을 맞이하다 보니 미국적 이데올로기가 최근까지 한국인의 의식을 지배했습니다. 미국을 중심으로 하는 지배적 이데올로기에 저항하려는 사회 변혁 운동도 그 이론적 근거 대부분은 마르크스-레닌이즘, 해방신학, 마오이즘, 프랑크푸르트 학파, 주체사상 등등과 같이 외부에서 온 것들이었죠. 우리의 문제를 해결하려는 운동에 우리 자체의 토양에서 생산된 우리 스스로의 이론을 기반으로 삼지 못했던 겁니다. 한국 사회를 지배하고 있는 담론은 주도적인 것이든 아니면 저항적인 것이든 간에 모두 큰 틀에서는 외부에서 들여온 것들임은 틀림이 없습니다. 한국 사람들이 한국이라는 구체적 토양에서 스스로의 삶을 이끌어 갈 수 있는 스스로의 사상을 아직은 건립하고 있지 못하다는 얘기입니다.

이런 현상은 한국 대학에서 생산되고 있는 철학 박사학위의 내용이나 형식에 잘 드러납니다. 무슨 말인고 하니, 한국의 철학 박사학위 논문은 대개, 아니 거의 모두가 무엇 무엇에 관한 연구로 채워져 있습니다. 자기의 세계관을 피력한 것이 아니라 다른 사람이, 그것도 외국 사람들이 주장하는 세계관을 분석하고 해석한 것들뿐이라는 말입니다. 사회 현상이나 산업의 현상은 이러한 철학의 현상을 그대로 반영합니다. 우리나라에서 만든 물건들은 거의 모두가 외국에서 시작된 것들을 '이해' 내지는 '해석'하려는 것들입니다.

자, 보십시오. 한국에서 자동차를 생산하기는 합니다. 그런데 그 '자동차'라는 장르를 시작하지는 못했습니다. 서양에서 '자동차'라는 장르를 만들면 우리는 그것을 그대로 따라서 할 뿐이지요. 우리나라에서 전기밥솥을 생산하기는 하지만, '전기밥솥'이라는 장르를 만들지는 못했습니다. 우리나라가 볼펜을 생산하기는 하지만, '볼펜'이라는 필기도구를 처음으로 시작한 것은 아닙니다. 이런 일은 비단 산업 현장에서만 일어나는 일이 아닙니다. 사회 제도적인 측면에서도 마찬가지예요. 우리가 사용하는 사회 전반적인 제도가 우리나라서 고안되고 우리나라에서 처음 시행된 것은 거의 없어요. 모두 선진 외국의 것을 그대로 모방한 것들입니다. '인문 현상'과 '사회 현상'은 이렇게 함께 움직이는 것입니다.

철학도 그러하다고 바로 앞에서 말씀드렸지요? 한국에서 나온 철학 박사학위 논문의 99퍼센트는 먼저 나온 세계관을 해석하거나 이해하려고 하는 '무엇 무엇에 관한 연구'들입니다. 그런데 미셸 푸코Michel Foucault의 『광기의 역사』나 질 들뢰즈Gilles Deleuze의 『차이와 반복』 같은 책들은 그들의 박사학위 논문입니다. 새로운 시대에 새로운 세계관을 제시하는 매우 독창적이고 창의적인 논문들이죠. 마치 장르를 새로 개척하는 것과 같습니다. 그 뒤로 한국에서 나오는 박사학위 논문들은 푸코나 들뢰즈의 철학이나 개념들을 정확하게 이해하는 방식으로 쓰이게 되는 것이지요. 물론 이런 연구가 서양에서는 없느냐 하면 그렇지도 않습니다. 새로운 세상에 대한 전망을 밝혀준 칼 마르크스Karl Marx도 그의 박사학위 논문은 『데모크리토스와 에피쿠로스 자연철학의 차이』였습니다. 즉 제가 양적으로 너무 편향되어 있다고 말하는 '무엇 무엇에 관한 연구'의 형식이었거든요.

문제는 서양에서는 시대를 주도하는 창의적인 연구와 그 연구를 더 분명하고 치밀하게 해주는 '무엇 무엇에 관한 연구'의 형식이 공존하는 것과 달리 한국에서의 철학 연구는 모두 '무엇 무엇에 관한 연구'로만 채워진다는 것이지요. 훈고訓詁의 기운으로만 너무 채워져서 창의創意의 기운이 발휘되지 못하는 형국입니다. 마치 산업 현장에서 장르를 개척하지 못하고 생산만 하는 것과 같은 모습입니다. 즉 한국에서는 산업 현장에서와 마찬가지로 철학 연구에서조차 장르를 창출하지 못하고, 선진국에서 만든 장르를 대신 수행하는 '생산자' 역할만을 하고 있는 겁니다. 이것을 소위 학계에서는 '한국의 철학'이 아직 건립되지 못했다고 표현합니다. 하지만 우리는 어떠하든지 간에 창의의 기운을 통해서만 질적으로 한 단계 더 상승하고 전진하며 튼튼해질 수 있습니다.

언제부턴가 한국 사회 전반에서 상상력과 창의성을 가장 중요한 화두로 제기합니다. 그런데요, 상상력과 창의성은 어디에서 공급되나요? 바로 인문학적 토양에서만 가능한 작업입니다. 견강부회랄지 인문학에 대한 과잉 기대라고 할 분들도 더러 있겠지만, 왜 그런지 차츰 차츰 더 얘기하기로 하지요. 일단 여기서는 다음과 같이 정리해 보지요.

여러분, 앞에서 제가 지금 한국 사회에서 불고 있는 인문학 열풍이 한국전쟁 이후 한국 사회에서 일어나고 있는 일 가운데 가장 의미 있는 일이라고 한 말을 기억하시겠죠? 선진국에서 만든 비전이나 메시지를 수행하는 '이류의 삶'에서 스스로 문명의 방향을 판단하고 스스로의 비전을 창조할 수 있는 '일류의 삶'으로 나아가는 것, 그것은 인문학을 통해서만 가능한 일이 아니겠습니까? 그것이 지금 한국 사회에서 처음으로 시도되고 있습니다. 현재 사회적으로 진행되고 있는 인문학 열풍을 한국전쟁 이후 한국 사회에서 일어난 일 가운데 가장 의미 있는 일이라고 한 것은 바로 이런 맥락에서 하는 말입니다.

제가 듣기로 미국에서 랭킹 50위, 100위 안에 드는 기업의 CEO들은 MBA 출신이 별로 없다고 합니다. 미국의 『USA TODAY』라는 신문에서 조사한 내용에 따르면, 미국 1,000대 기업 CEO 가운데 경영학 관련 전공을 한 사람들은 3분이 1 정도밖에 되질 않아요. 이게 웬 생뚱맞은 소리인가요? 기업 경영자들이 경영학을 전공한 사람들이 아니란 얘긴데요, 그럼 뭘 공부한 사람들일까요? 그들 대개는 인문학을 공부한 사람들입니다. 미국의 대표적인 투자자들인 피터 린치나 조지 소로스, 앙드레 코스톨라니, 벤저민 그레이엄, 존 템플턴, 마크 파버 등만 보더라도 그들 모두가 철학 등의 인문학에 심취하거나 전공을 한 사람들입니다. 조지 소로스는 아예 철학자 칼 포퍼Karl Popper의 제자였어요. 왜 인문학 출신이겠어요? 뭐, 별다른 이유 없습니다. 기업을 진두지휘하는 자리에 인문학 출신을 갖다 놔야 더 많은 이윤을 창출하기 때문입니다. 인문학 출신이라야 변화의 흐름에 부합하는 정확한 의사 결정을 하여 돈을 더 잘 벌 수 있는 직종이고, 또 그만한 단계라는 것이지요.

제 말 뜻은 지금 한국 사회에서 불고 있는 인문학 열풍은, 우리나라가 더 튼튼해지거나 더 업그레이드되거나 더 창의적인 나라로 가는 노력의 표현이라는 것은 분명하다는 것입니다.

그런데 제가 여기저기 기웃거리면서 경험한 바에 따르면, 지금 인문학 열풍을 주도하는 그룹은 놀랍게도 인문학 연구에 매진하는 대학 안팎의 연구자들이 아니에요. 상식적으로 기업가들은 돈 버는 일에만 열중하는 사람들이지요? 그런데 인문학과는 거리가 멀고 돈 버는 일에만 열중할 것 같은 기업가들이 그 일을 하고 있습니다. 참 신기하지요? 그렇다면 어째서 정치인도 아니고 관료도 아니고 교수들도 아닌 기업인들이 인문학에 관심을 기울일까요? 제가 보기에 기업인들은 직감적인 감각이 매우 발달해 있기 때문입니다.

기업인들을 좀 더 포괄적인 의미에서 '상인'이라고 부르겠습니다. 여기서 우리는 상인들에게만 있는 특징을 한번 살펴볼 필요가 있습니다. 다른 직업과 달리 상인들에게는 어떤 특징이 있을까요? 다른 직업에는 없고 상인들에게만 있는 특징이란 바로 자신들이 한 판단이나 결정이 곧바로 자신의 승패를 결정해 버린다는 것입니다. 저는 상인들이 저 같은 월급쟁이는 상상할 수 없을 정도로 돈을 잘 버는 것도 신기하지만, 그렇게 큰 부자가 또 순식간에 망해 버리는 것이 더 신기합니다. 큰 부자가 되는 일도, 한순간에 망해 버리는 일도 순간적인 한 번의 선택이 결정해 버립니다.

상인들은 매번 죽느냐 사느냐 하는 갈림길에 서 있는 것이지요. 상인들에게는 다른 직업에서는 보기 힘든 지속적인 긴장감이 있어요. 이처럼 항상 '생과 사'의 경계선에 서 있기 때문에 상인들에게는 예민함이 살아 있습니다. 항상 긴장해 있다고도 표현할 수 있겠네요. 당선되기 직전의 국회의원들에게도 이런 모습이 약간 있기는 합니다. 정치인들의 긴장감이란 게 당선되자마자 사라지긴 하지만 말이죠.

교수나 정치인이나 관료나 평화 시의 군인이나 당선된 후의 국회의원들에게는 예민한 감각이라는 것이 살아 있기 힘듭니다. 왜냐? 모두 각자가 한 판단이나 결정이 조금 잘못되더라도 그것으로 바로 자신의 승패가 결정되지는 않기 때문이에요. 월급이 꼬박꼬박 나오거든요. 예를 들어, 모두들 문제가 있다고 우려한 양양 공항이나 무안 공항을 만들어 놓고, 공항이 텅텅 비어 있어도 건설 결정을 한 정치인이나 관료들, 또 타당성이 있다고 주장했던 전문가들 모두 아무 문제없이 승진도 하고 여전히 잘 살고 있을 겁니다. 하지만 이런 일이 기업에서 일어났다면 어떻겠습니까? 담당 부서장이 회사에서 살아남았겠어요? 바로 잘렸겠죠.

생과 사와 같은 경계에 서서 민감성을 유지하는 사람들에게 갖추어진 고도의 감각, 저는 이것을 '더듬이'라고 부릅니다. 상인들에게는 고도의 더듬이가 발달되어 있어요. 상인들은 고도의 더듬이가 유지되고 있기 때문에 이 더듬이를 가지고 이론적으로 정리되지 않은 상황에서라도, 내가 어떻게 해야 한다랄지 무엇을 해야 한다는 것을 대개는 정확하게 알아요. 제가 만나 본 상인들 가운데 큰 상인들은 대개 의사 결정을 할때, 논리를 따지거나 분석을 하거나 하지 않고 바로바로 판단하더라고요. 내면을 자세히 알 수는 없지만 짐작건대 아마 감으로 하는 것 같더군요. 저는 이것이 매우 탁월한 능력이라고 생각합니다.

학자들도 대개는 다, 이 사람이 훌륭한 학자인지 아닌지 '딱' 보면 알아요. 아무리 공부를 못하는 학생도 선생이 실력이 있는지 없는지는 감으로 바로 알잖아요? 상인들은 돈이 되는지 안 되는지를 대개는 '딱' 보면 아는 것 같더라고요. 이 '딱'이라는 게 뭐냐? 이게 감각이에요. 이게 통찰이고, 이게 바로 더듬이란 말이지요. 세상사 거의 모든 일은 딱 보고 알아야 합니다. 생각하기 시작하면 대개는 꼬여 버리죠. 저는 우리의 많은 배움들이 결국은 이 '딱!' 하고 알 수 있는 능력을 갖추기 위한 것이 아닐까 하고 생각해 보기도 합니다.

지금 대기업들이 인문학에 관심을 갖는 이유는 자기네들이 돈을 많이 벌었으니까 이제 인문학도 좀 발전시켜 사회에 기여해야 되겠다, 뭐, 이런 아름다운 생각에서 나온 게 절대 아니에요. 기업의 사회적 책임? 그냥 듣기 좋으라고 하는 얘기예요. 그건 자기들의 생존 때문입니다. 기업은 인문학에서 생존을 모색하고 있는 것이에요. 새로운 인류에 맞추어 가는 데 인문학이 필요하다는 것을 감으로 '딱!' 하고 알아챘다는 겁니다. 예민한 감각을 유지하고 있는 상인들은 이것을 알아채고, 예민함을 상실한 다른 직종의 사람들은 아직도 여전히 인문학은 돈이 되지 않는 것, 삶의 의미나 가치를 추구하는 사람들이 향유하는 것 정도로만 알고 있는 것이지요. 의미나 가치가 인간이 움직이는 방향과 맞지 않는다면 무슨 소용이 있을까요?

지금까지 우리나라는 기업뿐만 아니라 모든 분야에서, 특히 정치나 교육 분야에서 모두 다 우리 스스로 메시지를 만들고 우리 스스로 비전을 만들어서 시행했던 게 아닙니다. 모두 외부에서 들어온 것들을 받아서 수행해 왔던 것들이죠. 이제 우리만의 메시지나 비전으로 새로 조정되지 않으면 이 혼란이 오래가리라는 것을 누구나 인정할 겁니다. 모든 분야에서 다 한계에 도달했어요.

그런데 유독 기업인들 즉 상인들만 그들의 더듬이로 이 한계를 절실히 느끼고 있는 겁니다. 이 더듬이를 조금 고급스러운 표현으로 하자면 '통찰력'이라고 할 수 있겠어요. 인문학은 바로 이 통찰력과 관계되는 학문이라는 것을 일단 말씀드리겠습니다.

정치적 판단과 결별하라

인문학을 하는 목적은 인문학적 지식을 갖추어 거기에 머무르는 것이 아닙니다. 인문적 활동을 할 수 있는 힘을 갖는 거예요. 철학과에 와서는 무엇을 해야 하느냐? 궁극적으로는 생각하는 법을 배우는 겁니다. 생각하는 힘을 갖추는 것이죠. 그런데 내가 생각할 수 있는 능력을 갖기 위해서는 먼저 다른 사람들은 어떻게 생각했는가를 알아야 하겠지요?

시대를 앞서서 인간이 움직이는 방향에 맞게 생각을 잘하고, 그 결과를 논리에 담아 잘 남긴 사람들을 우리는 철학자라고 합니다. 그런 사람들을 위주로 생각의 결과들을 시간의 흐름에 따라 기록해 놓은 것을 또 철학사라고 하지요. 다른 사람들은 어떻게 생각했는가를 먼저 잘 알아보기 위해서 대개는 먼저 세상에 다녀간 철학자들과 그들의 역사를 배웁니다. 그래서 철학자들이 남긴 생각의 결과들과 그들의 역사를 4년이고 10년이고 죽어라 공부하는 것이죠.

그런데 앞서간 철학자들의 생각을 배우는 데에 빠져서, 그들이 남긴 지식의 늪에서 헤어나지 못하는 경우가 허다해요. 죽기 직전까지 다른 사람들의 생각만 배우다가 정작 생각하는 법을 배우지 못하게 되는 경우지요. 그러니까 생각하는 법을 배우기 위해 철학과에 들어갔는데, 졸업하고 나서는 오히려 생각할 줄 모르게 되어 버리는 우스운 상황도 적지 않아요. 이렇게 하다가 잘못하면 정작 자신은 제대로 된 똥 한 번 못 싸보고 평생 남이 싸 놓은 똥만 치우는 꼴이 되기 십상이에요. 그럼, 인문학의 목적은 뭐냐? 단적으로 말해 인문적 통찰력을 기르는 것입니다.

이런 가정을 한번 해봅시다.

여기 젊은 남자가 있습니다. 머리를 길게 길렀고 화장도 조금 했고요 핑크색 스카프를 목에 두르고 있어요. 걸음걸이도 나긋나긋 가지런하네요. 자, 이런 남자를 거리에서 마주친다면 여러분은 어떤 생각이 들까요? "남자가 무슨 꼴이야! 왜 저래?" 하는 분도 있을 테지만, "아, 보기 좋네. 나도 저렇게 한번 해보고 싶다"고 생각하는 분도 있겠지요. 이렇게 생각하든 저렇게 생각하든 간추리면 '좋다' 아니면 '나쁘다' 둘 가운데 하나겠지요? '맘에 든다' 아니면 '맘에 안 든다'로도 정리할 수 있겠네요.

다른 예를 하나 들어 볼까요?

언제부턴가 서점엘 가면 느림, 게으름, 비움, 야만 등의 단어가 들어간 제목을 가진 책들이 많이 보입니다. 게다가 그 가운데 어떤 책은 베스트셀러 반열에 오르기까지도 하고요. 이런 것들이 이전에는 우리에게 익숙하지 않은 주제들이었잖아요? 이런 책들을 보면 여러분은 어떤 생각이 드나요? 허리띠를 졸라 매고 부지런히 살아도 잘될까 말까 하는 판에 느리고 게으르게 살라고? 게으름이나 느림이 어떻게 좋은 것이 될 수 있지? 이것들은 아마 인생 낙오자들의 자기 위안에 불과한 책들이야! 언제는 "아침형 인간이 되어라"랄지 "성공하는 습관을 가져라"랄지 하는 구호들이 지상명제처럼 떠돌더니, 느림의 미학을 배우라고? 또, 꽉 채워도 지금 제대로 안 차는데 뭘 더 비우라는 거냐? 여태 많이 배워서 이런 문명을 건설했는데 대관절 야만에서 뭘 배우라는 거냐? 이런 생각들을 할 수 있을 겁니다. 한마디로 배부른 소리라는 것이겠지요. 반면에 어떤 사람들은 "그래…… 난 그동안 너무 바쁘게 앞만 보고 무작정

달렸어. 이제는 좀 느리게 주위도 돌아보며 살아야겠어"랄지 "맞아! 비워야 비로소 채울 수 있는 거야. 사실은 비우는 게 중요해!"라고 생각할 수도 있을 테지요. 이런 두 가지 반응도 정리하면 결국 '좋다'나 '나쁘다' 둘 가운데 하나일 뿐입니다.

자, 이제, 여러분은 여자처럼 꾸민 한 남자의 모습을 상상하며, '좋다' 또는 '나쁘다'의 어느 쪽 생각을 했는지 기억해 두시길 바랍니다. 그 다음에 느림, 비우기, 게으름, 야만을 주제로 한 책들을 보고는 어떤 생각이 들었는지 마음속에 한번 또 담아 보세요.

만약에 여러분이 '좋다' 내지는 '나쁘다' 하는 둘 중에 한 가지 생각이 들었다면, 여러분은 아직 리더로서는 준비되지 않은 겁니다. 일류의 삶을 살 수 있는 길로 나아가는 것도 아직 준비되지 않은 게 분명합니다.

제 말이 너무 야멸찬가요? 그래도 어쩔 수 없습니다. 다시금 당겨 말하건대, 어떤 사물이나 현상에 대한 여러분의 생각이 단지 '좋다'라거나 '나쁘다'일 뿐이라면, 분명 여러분은 리더가 되려는 준비가 없는 사람입니다.

그럼, 여기서 '리더'라 함은 어떤 사람을 가리키는 말일까요? 사회나 어떤 조직을 자신이 원하는 방향대로 끌고 가는 사람, 물론 이런 사람도 리더라고 불립니다. 하지만 제가 말하는 리더는 우선 자기가 자기 삶의 주인이 되어 자기 스스로 자기 삶을 끌고 가는 사람입니다. 이런 사람이 진정한 리더입니다.

자기가 자기 삶의 주인이 되어서 자기 삶을 자기가 끌고 가는 사람한테는 카리스마가 생기고 향기가 나게 마련입니다. 대중들은 그 향기를 따라서 믿고 가는 겁니다. 여러분이 단지 '좋다'와 '나쁘다' 둘 중에 한 가지 생각이 들었다면, 여러분은 아직 내적으로 성숙한 주체력, 이것을 갖추지 못한 거예요. 달리 말하면, 여러분은 리더로서 성장할 준비가 아직 되어 있지 않다는 것이죠. 일류의 삶을 꾸릴 준비가 되어 있지 않다는 뜻입니다. 자기가 온전히 자기 내면의 생명력에 의거하여 자기 삶의 유형을 창조하고 책임지면 고급 삶이고, 타인들에 의하여 만들어진 삶의 유형을 수행한다면 저급까지는 아니더라도 일류의 삶은 아닐 겁니다.

여러분이 '좋다' 또는 '나쁘다'라는 판단을 했다면, 여러분은 그저 정치적 판단을 했을 뿐입니다. 인문적 판단이라고 할 수는 없지요. 정치적 판단은 자기 머릿속에 있던, 자기가 믿고 있던 신념, 이념, 가치관을 따라서 세계와 만나거나 혹은 그것을 근거로 세계를 해석한다는 거예요. 무엇을 보고 나서 바로 좋다라거나 나쁘다고 한다는 것은 인문적 판단이 아니라 정치적 판단에 길들여져 있다는 얘기입니다.

인문적 통찰은 정치적 판단과 결별하는 것이 첫째 조건입니다. 우리가 일반적으로 자기 삶을 이끌고 가는 사람이나 어떤 한 사회 조직을 이끌고 가는 사람을 '리더'라고 합니다. 예부터 동양에서는 이 위대한 리더를 '성인聖人'이라고 했지요. 그런데 성인은 일반인과 다른 특징이 있어요. 다른 능력이 있습니다. 그 능력이 뭐냐? 바로 조짐을 읽는 능력입니다.

한비자韓非子라는 고대 중국의 철학자는 이렇게 말합니다. "성인은 아주 작은 현상을 보고 사태의 조짐을 알고, 사태의 실마리를 보고 최종 결과를 안다聖人見微以知萌, 見端以知末.『韓非子·說林上』." 조선의 철학자 이익李瀷이『성호사설星湖僿說·사책선견史策先見』에서 한 표현을 빌린다면, 눈앞에 나타난 조그만 일을 보고 구체적으로 "무슨 일이 닥치기 전에 혼자 깨닫는 것" 즉 '먼저 아는 일先見'을 할 수 있는 것이죠. 바로 선견지명先見之明의 능력이 있는 사람인 것입니다.

이 세계에는 이 세계가 움직이면서 그려 내는 도도한 흐름과 방향이 있어요. 문명에도 문명을 이끌고 가는 힘이 있는 것이지요. 이 큰 흐름을 비밀스럽게 보여주는 작은 일이나 현상들을 '조짐'이라고 합니다. 보통 사람들에게는 잘 알려지지 않지요. 하지만 이 조짐을 통해서 우리는 밑바닥에서 도도하게 작동하고 있는 큰 흐름에 올라탈 수 있어요. 그래서 조짐은 문명의 방향이나 사태의 진행을 알 수 있게 해주는 중요한 단서가 되는 것이죠. 우리를 밑바닥의 큰 흐름으로 인도할 수 있는 하나의 중요한 단서죠.

그런데 조짐으로 읽힐 만한 어떤 현상을 보고 '좋다'라거나 '나쁘다'는 판단을 하는 것은 문명의 큰 흐름을 알 수 있는 가능성을 단절시켜 버리고 인식을 바로 거기에서 정지시켜 버립니다. 인문적 판단을 하는 사람은 '좋다'거나 '나쁘다'라고 판단하지 않습니다. '좋다'거나 '나쁘다'라고 대답하지 않아요. 예를 들어, 여자처럼 꾸미고 길을 가는 젊은 남자를 보거나, 생소한 주제가 담긴 책이 베스트셀러가 되는 현상을 보고서는 바로 '좋다'거나 '나쁘다'고 판단하여 대답하는 일을 하지 않는다는 것입니다. 그럼 어떻게 할까요? '대답'하지 않고 먼저 '질문'을 합니다. "5년, 10년 전만 해도 저런 일이 불가능했는데 이 세계에 무슨 변화가 있길래 저런 일들이 가능해졌지?" 바로 이렇게 질문을 합니다.

인문적 통찰은 대답하는 데서 나오는 것이 아니라 질문하는 데서 비로소 열립니다. 질문하는 활동에서 인문적 통찰은 비로소 시작됩니다. 선견지명의 빛은 자신에게 이미 있는 관념을 적용하는 데서 나오지 않고, 질문을 하는 곳에서 피어오릅

니다. 모두가 대답하려고 할 때 외롭게 혼자서 질문하는 사람,
바로 이런 사람이 리더가 될 수 있습니다.

내가 동양학을 공부하는 까닭

앞에서 제가 오늘날 한국에서 불고 있는 인문학 열풍에 대해 말씀드렸죠? 이번 산책길에서는 인문학, 그중에서도 제가 공부해 온 동양학에 관해 좀 더 구체적으로 나누고 싶은 이야기를 해보겠습니다.

요즘 이곳저곳에서 동양학이 붐이라고 하는데요, 한국을 비롯한 동양에서 불고 있는 이 동양학 붐은 사실 동양에서 시작된 게 아닙니다. 그것은 발전의 정도가 아주 높은 데에 이르렀다는 자각을 가진 서양에서 시작된 것이에요. 이런 자각은 사실 한계에 이르렀다는 자각과도 같을 테지요.

서양인들은 자본주의를 합리적 경제 이데올로기로 봤습니

다. 그래서 자본주의의 실현 여부를 놓고 사회의 합리적 성숙도를 가늠하려고까지 했지요. 대표적으로 막스 베버Max Weber는 세계 종교를 비교하면서 중국과 인도, 그리고 유대 지역에서 자본주의가 발생하지 않는 점을 프로테스탄트의 윤리가 부재했던 것과 관련지어 설명했어요. 서양인들도 막스 베버와 같이 동양에서는 기독교 윤리가 없었기 때문에 자본주의가 발생하지 않았고, 자본주의적 성숙 자체도 매우 힘들 것이라고 봤던 것이 사실이지요.

그러나 20세기 후반에 일본을 위시한 네 마리의 용한국, 대만, 홍콩, 싱가포르들이 괄목할 만한 자본주의적 성취를 이뤄 냈습니다. 이처럼 새로 등장한 자본주의적 성취는 서양인들에게 매우 놀라운 일이었을 겁니다. 단순히 동양에서 자본주의적 성취가 일어났다는 점만이 아니라 경제적 경쟁자들이 매우 강력하게 등장하고 있다는 긴장감이 더 컸을 수도 있었겠지요. 그래서 그들은 새로 등장한 경쟁자들이 기독교로 무장하지 않고도 경제적 성취를 이뤄 내는 이유를 분석해야 했습니다. 이 분석은 대체적으로 유교에 집중되어 진행되었지요. 이것이 서양에서 동양학 붐이 발생한 이유 가운데 가장 구체적이고 강력한 것이 될 것입니다.

또 하나 철학적인 이유가 있습니다. 서양 근대의 주류 철학은 실체관을 중심으로 성립되었습니다. 실체관이라 하면 이 세계를 '본질'을 가진 어떤 것에 기반하는 것으로 이해하는 관점을 말합니다. 여기서는 동일성과 배타성이 매우 특징적으로 기능하지요. 이 본질주의적 실체관은 '이성'에 의해서 실현됩니다. 그래서 근대라 하면 이성과 본질 그리고 실체 등이 중심 범주로 행사되는 시대라고 할 수 있습니다.

그런데 서양에서는 오래전부터 이 근대적 실체관은 새로 전개되는 시대, 즉 현대를 담기에는 부족한 것으로 인식되었어요. 그것이 근대 다음, 즉 포스트모던의 시대에 대한 새로운 시야를 열게 된 계기이지요. 현대가 포스트모던의 시대라면, 현대라는 것은 무엇일까요?

현대를 열었다고 하는 철학자로는 대표적으로 마르크스나 프로이트Sigmund Freud 그리고 니체F. W. Nietzsche를 들 수 있겠죠?

마르크스는 오랫동안 근대인들에게 신주 받들 듯 모셔졌던 이성이 본질적인 것이 아님을 우리에게 알려주었습니다. 즉 우리가 이성적인 활동이라고 했던 것들이 사실은 구체적인 물질적 기반, 즉 사회경제적 조건이 피워 낸 신기루 같은 것이라고 말해 준 겁니다. 이성이 본질적이거나 근본적인 것이 아니고 매우 부차적인 것임이 폭로된 것이지요.

한편 프로이트는 성적 충동리비도이 유아부터 성인에 이르기까지 모든 인간의 중요한 본능 가운데 하나라고 주장하면서 무의식이야말로 인간의 의식 활동을 지배하는 큰 힘이라고 파악했습니다. 매우 명징한 형태로 밝고 환하게 작동하는 것으로 믿었던 이성이라는 것이 사실은 무의식에 뿌리를 두고 있으며 그 무의식의 현현에 불과한 것이라고 인식한 것이지요. 우리의 내면에는 자아라는 매우 튼튼하고 동요하지 않는 실체 대신 그 깊이를 알기 어렵고 성적인 의미가 강한 무의식의 심연이 있다는 사실을 프로이트가 폭로한 겁니다.

들뢰즈는 그의 저작 『니체와 철학』에서 "현대 철학은 대부분 니체 덕으로 살아왔고, 여전히 니체 덕으로 살아가고 있다"고 말할 정도입니다. 니체가 바로 현대인 것이지요.

그렇다면, 니체가 왜 현대일까요? 니체는 근대 이성을 계산적 이성이라고 비판했습니다. 이성이 아니라 동물적인 권력에의 의지가 우주의 본질이라는 겁니다. 이성은 정신으로 존재하고 의지는 육체로 존재합니다. 근대가 이성의 시대였다면 현대는 비이성, 즉 육체성의 시대라는 얘기겠지요.

마르크스의 사회경제적 조건도, 프로이트의 성적 욕망도, 니체의 의지도 모두 육체성입니다. 그 육체성은 구체성입니다. 근대의 인간 규정, 즉 "인간은 이성적 동물이다"라는 명제를 읽을 때, 근대가 이성에 악센트를 뒀다면, 현대는 '동물'에 악센트를 두는 형국인 것입니다.

동양학 붐을 현대성과 관련지어 말할 때, 동양의 사유가 매우 구체적이고 경험적인 것에서 출발한다는 점이 부각될 필요가 있습니다. 공자의 사상을 철학적 방법론으로 분석한다면 본질주의로 규정할 수 있습니다. 공자는 인간을 '인仁'이라고 하는 씨앗, 즉 본질을 가진 존재로 이해했어요. 본질을 가진 존재라고 봤다는 점에서 서양의 근대적 실체관과 매우 유사한 구조를 갖는 셈이지요. 하지만 공자의 사상은 서양의 근대 철학이 사유의 구조물로 되어 있는 것과는 매우 다릅니다.

서양은 세계의 근본적인 토대를 사유 속에서 발굴합니다. 대표적으로 데카르트René Descartes의 '방법적 회의'를 들 수 있습니다. 세계의 근본성은 정신과 물질이라는 두 개의 실체로 돼 있는데, 이 두 개의 실체나 이 두 실체의 본질이 의심하고 또 의심하는 과정의 극점에서 더 이상 의심되지 않는다는 이유로 발견된 것이기 때문입니다. 하지만 공자의 인仁은 구체적 경험에서 발굴된 것입니다.

공자의 사상을 계승한 맹자는 더욱 구체적입니다. 맹자는 인간의 본질性을 측은지심惻隱之心, 수오지심羞惡之心, 사양지심辭讓之心 그리고 시비지심是非之心이라고 하는 사단四端이라고 보는데, 이 사단 즉 네 가지 심리 현상이 인간에게만 있기 때문에 인간의 본질이 되는 것이지요. 그렇다면 인간의 본질로 간주되는 이 네 가지 심리 현상은 어떻게 포착되었을까요? 이성적 사유를 통하지 않고 바로 직접적인 경험으로 알아낸 것입니다. 노자의 유무상생有無相生의 원리나『주역周易』의 일음일양—陰—陽의 원리도 사유의 극점에서 나오지 않고 집요한 관찰과 경험에서 발굴된 것들입니다.『주역』의 저자나 노자는 눈앞에 구체적으로 존재하는 자연 자체를 관찰하고 경험함으로써 그런 함축적인 원리들을 발굴했다는 뜻이죠. 이렇듯 서양 사상의 원천은 '사유'지만, 동양 사유의 원천은 구체적 세계에 대한 '경험'입니다.

한편, 근대가 실체관이라면 현대는 관계론입니다. 양자물리학이나 포스트모더니즘을 떠올리면 쉽게 이해할 수 있겠지요. 물론 데카르트도 관계를 얘기하긴 합니다. 하지만 데카르트와 같이 실체론자들이 말하는 관계는 실체들끼리의 관계입니다. 이와 달리 동양에서 말하는 관계, 특히 노자나 장자 혹은『주역』에서 말하는 관계는 존재하는 것 자체가 관계성으로 돼 있다는 말입니다. 불교의 당체공當體空 개념을 떠올려 보세요.

노자는 이 세계에 존재하는 모든 것은 대립되는 두 계열의 관계로 돼 있다고 보았습니다. 어떤 것도 무無와 유有를 동시에 함축합니다. 무와 유의 관계가 이 세계인 것이지요. 데카르트 철학에서는 정신과 물질이 실체인 한에서 관계성을 함축할 수 없습니다. 그것 자체가 완결된 존재기 때문이지요.

『주역』은 이 세계를 여성성과 남성성의 교직交織으로 파악했습니다. 이 세계의 어떤 것도 음과 양의 동시적 관계성을 벗어나 존재하는 것은 없습니다.

동양이 현대와 관련된다면, 바로 이런 구체적 경험성과 관계성이라는 특징을 이미 오래전부터 갖고 있었다는 점이겠지요. 사유의 구조물에서 벗어나 땀 냄새나는 구체적 삶의 현장에서 인간으로서의 삶의 가치를 발견하려는 것이 현대인들의 경향이라면, 노자나 장자 혹은 『주역』과 같은 동양적 사유가 큰 역할을 할 수 있을 것이라는 주장은 바로 이런 특성들에 기대어 있습니다.

제가 『노자의 목소리로 듣는 도덕경』이라는 책을 쓰면서 첫머리에 "만일 미래가 집중보다는 분산으로, 소품종 대량 생산보다는 다품종 소량 생산으로, 중앙 집권보다는 지방 분권으로, 절대성보다는 상대성으로, 동일성의 통일보다는 차이성의 공존으로, 추상적 이상보다는 구체적 삶으로, 체계적 이념보다는 개방적 소통으로, 본질적 실체의 탐구보다는 비본질적 관계의 탐구로 나아갈 것이라는 데에 동의만 한다면, 노자가

들려줄 설득력 있는 이야기는 참으로 많아질 것이다"라고 쓴
이유도 바로 이런 특성들에 기대어 있기 때문입니다.

인간이 그리는 무늬의 정체

그럼 이제, 본격적으로 인문학이란 무엇인가 하는 것을 알아보죠.

한국에서는 고등학교 2학년 올라갈 때 대개 문과文科와 이과理科로 나뉩니다. 그런데 나누는 기준이 뭔가요? 이 질문이 나오자마자 바로 여러분들의 머릿속에 하나의 기준이 떠오르죠? 수학일 겁니다. 수학 공부는 '수학Ⅰ' 정도로만 하고 나머지 점수는 외우는 과목으로 하는 것이 더 낫겠다 싶으면 문과를 가고, 외우는 것보다는 머리를 써서 문제를 푸는 것이 더 낫겠다 싶고 그래서 '수학Ⅱ'도 자신 있다 싶으면 이과로 가지요.

그럼 여기서 좀 보지요. 대학 진학 후에, 이과에 가서는 뭘 배웁니까? 물리, 수학, 생물, 지리과학, 뭐 이런 걸 배우죠. 그 다음에 문과에 가서 배우는 걸 한번 보세요. 정치, 경제, 역사, 문학, 신문방송학, 이런 걸 배웁니다.

　자, 그럼 이제 비교를 해보세요. 문과로 진학해서 배우는 학문과 이과로 진학해서 배우는 학문에 어떤 차이가 있나요? 이과에서 배우는 학문 내용, 대상을 보면 그 안에 사람이 없지요. 반면, 문과에서 배우는 학문 내용을 가만히 보세요. 그 안에는 사람이 우글거리고 있어요. 이게 무슨 말일까요?

　그러니까 이과에서 배우는 학문의 대상을 가만히 보면, 이 지구상에서 인간이 전부 사라져 버려도 여전히 존재하는 것입니다. 그것들에 대하여 배우면 이과입니다. 그런데 문과에서 배우는 학문의 대상들을 보면, 이 지구상에서 인간이 사라져 버리면 그것들도 모두 함께 없어져 버리는 것들입니다. 그것들에 대해서 배우면 문과입니다. 그렇지요?

　'리理'라는 글자를 볼까요? 옥돌에는 무늬가 있지요. 즉, 결이 있는 거예요. 옥돌에 새겨진 무늬를 '리'라고 해요. 그렇다면 '리'는 인간이 그려 넣은 건가요? 자연이 그린 건가요? 자연이 그린 거지요. 인간과 아무 상관이 없이 그려진 거예요. 그러니까 인간의 존재 여부와 상관없이 있는 것들에 대한 연구, 그것이 바로 이과 학문이에요.

한편, '문文'이라는 글자를 봅시다. '문'은 원래 무늬라는 뜻입니다. 우리 옷에 무늬가 그려져 있지요. 그것을 '문', 즉 문양이라고 합니다. 무늬는 누가 그립니까? 인간이 그려요. 그럼 인문人文은 뭐냐? '인간이 그리는 무늬'라는 말입니다.

인간은 그냥 들쑥날쑥 사는 게 아니에요. 하나의 큰 무늬, 커다란 결 위에서 사는 겁니다. 여러분들은 전부 다르고 개성이 있지만 이 다른 개성 모두 다 한 결, 한 무늬 속에서 움직이는 다름일 뿐이에요.

고등학교 때 여러분은 세계사를 배웠을 겁니다. 세계사에서 시대를 구분하는 데 고대, 중세, 근대, 현대로 나누죠. 무엇을 기준으로 하여 시대를 이렇게 나눕니까? 여기서 참 재미있는 일은 세계사를 공부했던 사람들도 무슨 근거로 시대를 이렇게 나누는지에 대해서는 잘 모른다는 겁니다. 시대를 나누는 이유는 모르면서 나누어진 시대의 내용을 공부하고 있는 현상이 참 재미있지요? 공부하는 우리의 태도가 들어 있는 현주소입니다. 분류 이유는 알지 못하고, 분류된 부분에 속한 내용들은 잘 아는 것이죠. 고대에서 중세로 넘어갈 때에 그 사건을 상징하는 역사적 계기가 드러나지요? 또 중세에서 근대로 넘어갈 때에도 그것을 상징하는 사건이 있습니다. 그런데 그 계기나 사건을 왜 이 시대에서 저 시대로 넘어가는 획기적 의미가 담긴 것으로 이해하려 하지는 않습니다.

자, 그럼 제가 무슨 근거로 시대를 고대, 중세, 근대 그리고 현대로 나누는지 말해 보겠습니다. 그게 전혀 어렵지 않은 거예요. 근거는 바로 '사람'입니다. 즉 고대에는 고대인이 살았고, 중세에는 중세인이 살았으며, 근대에는 근대인이 살았고, 현대에는 현대인이 살고 있기 때문입니다. 제 답변이 너무 싱겁나요?

찬찬히 생각해 봅시다. 고대인과 중세인은 다른 사람입니다. 중세인과 근대인도 다른 사람들이지요. 물론 생물학적으로는 같은 사람들입니다만, '생각의 틀'을 다르게 가졌다는 점에서 다른 사람들입니다. 고대에는 고대식으로 생각하는 틀을 가진 사람끼리 모여 살던 기간이고, 중세는 중세식의 생각을 하는 사람끼리 모여 살던 기간이며, 근대 내지는 현대도 근대나 현대식의 생각을 하는 사람끼리 사는 기간을 말합니다. '생각의 틀'이란 바로 '세계관'입니다. 그래서 고대식의 생각 혹은 중세식의 생각을 고대적 세계관 혹은 중세적 세계관이라고 부를 수 있겠지요? 세계관이 다르면 세계와 관계하는 방식이 전혀 달라집니다. 중요한 것도 달라지고 삶의 의미도 달라지고 제도도 달라집니다. 당연히 시대 구분의 근거는 세계관이 되겠지요? 바로 '철학'인 것입니다.

예를 들어 보지요. 서양 역사에서 중세를 벗어나 근대로 진입한 것을 알리는 최초의 선언이 있어요. 바로 "아는 것이 힘이다"라는 프랜시스 베이컨Francis Bacon의 주장입니다. 이 선언이 어떻게 인간이 중세에서 벗어나 근대로 진입하는 이정표가 될 수 있었을까요? 중세에서 인간이 행사하는 힘은 '신의 은총'으로부터 왔습니다. 그런데 어느 날 베이컨이라는 철학자가 인간의 힘은 더 이상 신으로부터 오지 않고 아는 것에서 온다고 말해 버린 거예요. 신의 은총과 상관없이 인간이 자연 세계를 얼마나 정확하고 많이 아는가에 따라서 그 인간의 힘이 좌우된다는 것이지요.

인간의 힘이 신의 은총으로부터 온다고 생각하는 사람과 자기 앎으로부터 온다고 생각하는 사람은 같은 인간이겠습니까? 다른 인간이겠습니까? 전혀 다른 인간이죠. 거의 비슷한 시기에 프랑스에는 르네 데카르트라는 철학자가 있었어요. 이 철학자 또한 여러분들이 다 잘 아는 말을 했어요. "나는 생각한다, 고로 나는 존재한다."

데카르트 이전 사람들에게 인간이 존재하는 근거는 어디에 있었어요? 신한테 있었지요. 인간이 왜 존재하는가? 신에 의해서 존재했던 거예요. 하지만 데카르트의 생각은 달랐죠. 우리가 존재하는 근거는 이제 더 이상 신에게 있지 않고 인간이 생각한다는, 바로 이 사실에 있다는 것입니다. 존재 근거를 신으로부터 부여받는다는 사람과, 생각한다는 이 사실을 자신의 존재 근거로 삼는 사람은 전혀 다른 인종이지요. 세계관이 다르다는 것은 바로 이런 의미입니다. 여기서 중세인과 근대인이 달라집니다. 다른 생각을 가진 인간은 전혀 다른 관점으로 살 수밖에 없지 않겠습니까? 이 '갈라짐'이 바로 '획기적劃期的'인 것이고 거기서 세계관이 갈라지고 시대가 구분되는 것이지요.

하지만 제가 여러분께 강조하려는 것은 갈라지는 그곳이 아닙니다. 갈라지는 곳의 좌우에서 각각 하나의 결로 움직이는 '인간의 무늬'를 말하는 것입니다. 고대인은 고대식의 무늬를 그려요. 중세인은 중세적인 무늬를 그리죠. 근대인과 현대인은 각각 근대적 혹은 현대적 무늬를 그립니다. 인간은 이런 큰 틀의 결 속에서 움직이는 것입니다. 이것을 우리는 '인문人文'이라고 부릅니다. '인간의 무늬' 혹은 '인간의 결'입니다. 쉽게 '인간의 동선'이라고 하면 어떨까요? 과거는 '인간의 동선' 뒤쪽이고 미래는 앞쪽 방향일 뿐입니다. 그러면 미래를 준비한다고 하면서 이 '인간이 움직이는 동선'을 가늠하지 않고도 가능할까요?

우리가 중요하게 생각하기 시작한 '상상력'이란 것도 별반 다른 게 아니에요. 즉 인간이 움직이는 동선의 방향이 어디로 움직일지 꿈꿔 보는 능력이지요. 상상은 망상과 다릅니다. 상상은 항상 인간이 그리는 무늬의 방향과 함께하면서 꾸는 꿈이지요. 망상은 인간이 그리는 무늬의 방향과 아무런 관계없이 멋대로 하는 생각입니다. 창의성은 무엇입니까? 인간이 그리는 무늬의 방향이 어디로 갈 것인지 꿈꿔 보고, 또 꿈꿔 보다가 그 나아가는 방향 바로 앞에 점을 찍고 "우뚝!" 서 보는 일입니다. '인간의 동선'과 관계없이 점을 찍게 되면 무엇이 되나요? 그것은 바로 '엉뚱함'일 뿐입니다. 그래서 상상력을 필요로 하는 사람이나 창의성을 원하는 사람이라면 인문人文의 향기를 피하면 안 되는 것이죠. 상상력과 창의성을 최대의 핵심 문제로 생각하는 기업에서 인문학을 필요로 하는 이유가 사실은 바로 여기에 있습니다. 인문학 없이는 상상력이나 창의성도 없기 때문입니다.

　인문이란 인간이 그리는 무늬 혹은 결이라고 했지요? 다른 말로 하면 바로 인간의 동선입니다. 그렇다면 인문학은 당연히 인간이 그리는 무늬를 탐구하는 학문이 되겠지요? 지금의 학문 분류에 따라서 말할 때, 인문학에는 대표적으로 문학과 사학 그리고 철학이라는 세 분야가 포함됩니다. 줄여서 문사철文

史哲이라고 하지요. 철학이든 사학이든 문학이든 인문학으로서의 그것들은 모두 인간이 그리는 무늬, 즉 인간의 동선을 알려주려고 하는 학문들이지요. 언어의 수사적 기법을 사용하여 감동의 형식으로 인간이 그리는 무늬의 정체를 알게 해주려고 하는 것이 바로 문학입니다. 사건의 시간적인 계기를 재료로 삼아 인간이 그리는 결의 정체를 알게 해주려고 하면 사학이 됩니다. 명증한 범주와 개념들로 세계를 포착하여 그것들의 관계 및 변화에 대한 분석을 통하여 인간의 동선을 알게 해주면 바로 철학이 되는 것입니다.

그렇다면 우리가 인문학을 배우는 목적은 무엇인가요? 바로 인간이 그리는 무늬의 정체를 알기 위해서지요. 인간이 그리는 무늬의 정체를 독립적으로 알아내기 위해서 인문학을 배우는 것입니다. 그런데 일반적으로 인문학적 훈련이 되어 있지 않을 때 어떤 새로운 사태나 사건을 만나면 어떻게 반응하나요? 대개는 일단 좋다, 나쁘다, 마음에 든다, 안 든다, 이렇게 우선은 정치적 판단을 합니다. 이 정치적 판단을 해주게 하는 것, 이것은 뭡니까? 자기가 이미 가지고 있는 이념이나 신념들 때문이지요. 그것들을 기준으로 사용하여 새로운 사태를 만나고, 그 기준에 맞으면 좋다 하고 맞지 않으면 나쁘다고 하는 것일 뿐이에요. 그래서 자기에게 있는 이념, 신념 그리고 가치

관 등이 자기의 독립성보다 강하여 자기를 지배하면 지배할수
록 인문적 통찰은 불가능하고 더듬이는 없어져요.

그럼 관건은 뭐냐? 도대체 인문적 통찰을 하는 관건은 뭐
냐? '자기가 자기로 존재하는 일'입니다. 이념이나 가치관이나
신념을 뚫고 이 세계에 자기 스스로 우뚝 서는 일, 이것이 바
로 인문적 통찰을 얻는 중요한 기반입니다.

이념은 '내 것'이 아닌 '우리의 것'이다

　상상력이나 창의성은 이념이나 가치관의 굴레를 벗고 자기가 자기의 주인으로서 스스로 우뚝 섰을 때 움트는 것입니다. 앞서 인간은 무늬를 그리며 산다고 그랬지요. 인문은 인간이 그리는 무늬입니다. 인간이 이 세계에서 움직이며 형성하는 결이지요. 이 세계에 살면서 생존을 효과적으로 잘 도모하고 자신만의 의미로 충만한 삶을 영위하려면 가장 근본적으로 이 무늬의 정체를 알아채고 느껴야 합니다. 그런데 무엇이 그것을 알지 못하게 합니까? 이미 자기 안에 자리 잡고 있으면서 주인 행세를 하는 기존의 이념이나 가치관이나 신념이지요. 이미 있는 것들은 항상 주인 자리를 뺏기지 않으려고 새로운 것이 들어오는 것을 방해하기 일쑤입니다. 그래서 새로 전개되는 상황을 그 상황이 가지는 맥락 속에서 투명하게 이해하지 못하고 이미 있는 것들의 해석 체계로 받아들이게 해버리지요.

이미 있는 것들은 사람을 콘크리트처럼 굳게 만들어 객관적이거나 투명하거나 청명한 태도로 세계와 관계하는 데에 오히려 방해가 되지요. 마치 성공한 사람에게 가장 큰 적은 성공 기억인 경우와 같습니다. 성공 기억이 너무 강하면 새로 직면하게 되는 상황을 그것 자체의 맥락으로 보지 못하고 항상 성공했을 때의 그 맥락으로만 보게 만듭니다. 지난 시대의 기억으로 새 시대를 보면 어떻게 되겠습니까? 정확한 판단은 불가능하겠지요. 그러면 두 번째 성공도 당연히 불가능합니다. 지속적인 성공을 하려면 자기를 지배하던 이전의 성공 기억을 벗어나서 새로운 상황을 새롭게 받아들일 수 있어야 합니다. 세계를 보고 싶은 대로 봐서도 안 됩니다. 세계를 봐야 하는 대로 봐서도 안 됩니다. 오직 텅 빈 마음을 가지고 보이는 대로 볼 수 있어야 합니다. 이념이나 가치관이 강하면 강할수록 자신으로 하여금 세계를 봐야 하는 대로 보게 하는 강제성도 강해지지요. 이념가들이 변화하지 못하다가 실패하는 이유 역시 바로 여기에 있습니다. 이념가들이 선명성 경쟁만 할 수밖에 없는 이유가 바로 여기에 있지요.

그렇다면 이미 자리 잡고 있는 기억, 즉 이념이나 가치관이나 신념을 벗고 나면 무엇이 남을까요? 오직 자기 자신만 남습니다. 자기가 온전히 자기 자신의 주인으로 등장하는 것이지요. 자기로만 남은 이 사람에게는 인간이 그려 나가는 무늬가 새로운 것으로 드러나고, 그러면 이 무늬가 어떻게 그려질까, 앞으로 어떤 방향으로 나아갈까, 어떤 폭으로 움직일까를 꿈꿔 볼 수 있습니다. 상상이 시작되는 것이지요. 물론 이 과정에서 기존에 내 안에 자리 잡고 있던 것들은 주인 행세를 하지 못하고 오직 부교재 내지는 보충 자료로서만 행세하게 됩니다.

그렇다면, 창의성은 또 뭡니까? 이념이나 신념이나 가치관과 같이 자신을 채우고 있으면서 주인 행세를 하던 기존의 굴레를 뚫고 나와 그들을 밟고 우뚝 서거나 그것들을 손 안에서 탁구공 다루듯이 가볍게 희롱할 수 있게 된 독립적 주체가 인간이 그려 나가는 무늬의 정체와 방향에 대하여 꿈꿔 보다가 그 동선의 앞에 조금 일찍 서 보는 일이에요. 창의성을 원하는가? 상상력 갖기를 원하는가? 먼저 자기한테 물어봐야 할 일입니다. 내가 나인가? 내가 가지고 있는 신념이나 이념을 혹시 나로 착각하고 있는 건 아닌가? 나를 지배하고 있는 지식과 가치를 나로 착각하고 있지 않은가?

자기에게 심각하게 물어봐야 해요. 자기가 자기로 존재할 때에라야 비로소 인문적 통찰의 첫 걸음이 시작되는 것입니다. 자기가 지식과 이념의 지시를 받지 않고 오히려 그것들을 압도적으로 지배할 수 있어야 비로소 시작되는 것입니다.

얘기가 조금 무겁나요? 재미난 문제 하나 내 볼게요.

세계 어느 나라에도 없을 법한 안주가 우리나라에 있는데요, 혹시 알고 계시나요? 주로 호프집 메뉴에 있습니다. 무엇일 것 같습니까? 바로 '아무거나'라는 안주입니다. 저는 이 안주가 지금 우리나라 사람들의 심리 현상을 잘 보여준다고 생각합니다. 보십시오. 사람으로서 자신이 살아 있음을 느끼고 확인할 수 있는 가장 근본적인 지점이 있는데 그것은 바로 성욕과 식욕이 발동되거나 실현될 때입니다. 사람은 무엇을 먹을 때와 성행위를 할 때 자기가 살아 있다는 것을 가장 투철하게 혹은 가장 직접적으로 느끼고 확인합니다.

아무리 생각해도 '아무거나'라는 안주를 개발한 사람은 오늘날 한국 사람들의 일부가 어떤 모습으로 존재하는지를 제대로 알고 있는 게 분명해요. '아무거나' 안주 개발자는 한국 사람들이 자기가 먹고 싶은 것을 스스로 생각하는 일을 잘하지 못한다고 이해하고 있는 것이 분명합니다. '아무거나'라는 안주를 시키는 사람의 심리 상태는 이럴 수 있습니다. "나는 내가 무엇을 먹고 싶은지 생각하는 일이 아주 귀찮다. 누가 무엇을 주든지 나는 먹을 수 있다. 그러나 나는 내가 무엇을 먹고 싶은지는 모르겠다.”

여러분, 친구 서너 명이 만나 밥 먹으러 갈 때도 뭘 먹을지 정하는 데에 시간이 좀 걸리곤 하죠? 서로 양보하는 의미도 있겠지만 실상은 자기가 무엇을 먹고 싶은지를 모릅니다. 그래서 아무것이나 괜찮다는 심리가 강하게 작용하기도 하지요. 결국 “돈은 내가 낼 테니 메뉴는 니들이 정해라!”는 지경에 이르기도 합니다. “니들이 정하는 건 어떤 것도 먹을 수 있는데, 지금 내가 먹고 싶은 게 뭔지는 모르겠다!”는 겁니다. 자기가 무엇을 먹고 싶은지조차 모르는 사람, 이건 ‘죽은 사람’입니다. 살아 있는 사람은 막연히 배고프다는 생각이 들지 않고, 바로 먹고 싶은 음식이 구체적으로 떠오릅니다. 생명력이 고갈된 사람은 먹고 싶은 것이 구체적으로 떠오르지 않고 배고프다는 느낌만 갖습니다.

안주 하나 따위로 ‘죽은 사람’ 운운하다니, 듣기에 불편한가요? 제가 좀 지나쳤나요? 다시금 강조합니다. ‘아무거나’와 같은 안주를 시키는 사람은, 자기 욕망을 깔아뭉개는 ‘죽은 사람’입니다. 가장 원초적인, 그리고 가장 욕망하는 나로 살고 있지 않은 사람입니다. 내가 살아 있음을 느끼는 가장 근본적 욕망인 식욕조차도 제대로 마주할 줄 모르는, 아니 자신의 식욕조차 타인에게 의탁하는 사람입니다. 먹을 수 있는 신체 기능은 있으되 무엇을 먹고 싶은지, 그 욕망이 거세된 사람입니다.

또, 이런 얘기를 해보죠.

학생들이 쓰는 말을 찬찬히 살펴보았더니, "~인 것 같아요"라는 말이 입에 배었더군요. "오늘 수업이 어땠나요?" 물어보면, "재미있었던 것 같아요"라고 말합니다. 또 제가 언젠가 이른바 맛집을 소개하는 TV 프로그램을 보았는데, 출연자가 음식을 먹고 "맛있는 거 같아요"라고 말하더군요.

뭐, 이런 예는 숱하게 많죠. 휴가철 피서객을 인터뷰하는 뉴스를 보면, 대개가 이렇게 말합니다. "날씨는 더운 것 같지만 가족들과 이렇게 피서를 오니 즐거운 거 같아요." 영화를 보고 나서도 "이 영화, 참 슬픈 것 같아"라고들 하죠.

재미있는 것 같다, 맛있는 것 같다, 더운 것 같다, 즐거운 것 같다, 슬픈 것 같다…… 여러분, 대체 이런 말들이 가능한 겁니까? 내가 재미있으면 누가 뭐래도 그냥 재미있는 거예요. 날이 더우면 더운 거고, 맛있으면 맛있고, 즐거우면 즐겁고, 슬프면 그냥 슬픈 거예요.

굳이 사전적 의미를 빌려 설명하자면, '~같다'는 '추측, 불확실한 단정을 나타내는 말'이잖아요. 예컨대 "비가 올 것 같다"

랄지 "어쩐지 내일 그 사람이 내 곁을 떠날 것 같다"랄지 이렇게 추측하거나 불확실한 마음을 드러내는 말인 거죠. 그런데, 내가 즐거운지, 재미있는지, 슬픈지 하는 것들이 추측하는 겁니까? 그게 불확실한 겁니까? 지금 내가 즐겁고 재미있는 것이 추측해서, 또는 불확실하니까 생각에 생각을 거듭해서 결정 내리는 상태입니까?

말꼬리 잡기가 아니에요. 이건 가장 원초적이며 단순한 욕망조차도 무언가 불확실하다는 걸 보여주는 거예요. 자기 욕망을 들여다보지 못하는 거예요. 즐거운지, 재미있는지, 슬픈지를 자기가 모르는 거예요. 지금 자기가 그렇게 느끼고 있는데도 말이죠. 가장 원초적인 욕구조차도 추측해야 하고 불확실한데, 자기가 뭘 하고 싶은지, 지금 뭘 원하고 있는지를 생각할 수 있겠습니까? 이 또한 죽은 사람이에요. 여러분 생각은 어떤가요?

신념과 이념과 가치관은 기본적으로 집단이 공유하는 것입니다. 우리가 공유하는 '우리의 것'이에요. '나만의 것'이 아니란 말입니다. 신념과 이념과 가치관, 즉 '우리의 것'을 벗었다는 게 뭐냐 하면, 바로 '내'가 되었다는 겁니다. '우리'는 '나'를 가두는 우리입니다. '우리'는 '나'를 가두는 감옥입니다. 내가 이념 등과 같은 감옥을 벗어난다는 말은 그것들이 더 이상 주

71

인 행세를 못하게 된다는 뜻이죠? 그러면 뭐가 남을까요? 뭐가 남아서 주인 자리를 차지할까요? 바로 '나'입니다. 바로 온전한 '나'일 수밖에 없습니다.

그럼 여기서 이념이나 가치관 대신 주인 자리를 차지하는 온전한 '나'는 무엇으로 확인이 됩니까? 내가 우리의 일부가 아니라 온전한 '나'임을 확인시켜 주는 것은 무엇입니까? 그것은 모두에게 공유되는 어떤 것이 아니라 바로 나에게만 있는 고유한 어떤 것입니다. 다른 사람들과 공유되는 어떤 것으로서는 고유한 나를 확인할 수 없습니다. 나에게만 고유하게 있는 어떤 것, 나를 나이게 하는 어떤 것은 바로 나에게서만 비밀스럽게 확인되는 '욕망'이지요.

그 무거운 사명은 누가 주었을까

철학 공부를 더 하고 싶어서 대학원에 진학하려는 학생들
이 있습니다. 대학원 입학을 희망하는 그 학생들을 상대로 면
접을 할 때가 있어요. 면접 보는 학생들에게 제가 던지는 첫
질문은 대개 무엇을 왜 공부하고자 하는지에 관한 건데요, 면
접시험장의 풍경 하나를 소개해 드립니다.

나 대학원에 와서 무엇을 공부하고 싶은가요?
학생 저는 하버마스를 공부하고 싶습니다.
나 왜 하버마스를 공부하고 싶은가요?
학생 한국 사회의 모든 문제 가운데 가장 시급히 해결해야

할 것이 소통 문제라고 생각합니다. 하버마스를 연구하여 한국의 소통 문제를 해결하는 데에 도움을 주고 싶습니다.

또 다른 예를 들어 볼까요?

나 대학원에 와서 무엇을 공부하고 싶은가요?
학생 유가 철학을 공부하고 싶습니다.
나 좋군요, 그런데 왜 유가 철학을 공부하고 싶죠?
학생 한국의 도덕 질서가 이렇게 무너지고 있는데, 유가 철학을 공부해서 도덕 질서를 바로 세우는 데에 일조하고 싶습니다.

이렇게 대답하는 학생들에게 저는 이렇게 반응하곤 합니다. "한국의 소통 문제나 도덕 질서를 세우는 그런 무거운 사명을 도대체 누가 학생한테 부여했습니까? 그걸 누가 시켰습니까? 그 어려운 일을 대체 누가 학생에게 시킨 거죠?"

그럼 학생이 갑자기 당황해해요. '교수가 어떻게 저런 반응을 할 수 있나?'랄지 '저 교수가 내 말을 못 알아듣는 거 아니야?'랄지, 그런 의아한 표정으로 따지듯 저를 쳐다봅니다. 왜 제가 그런 식의 반응을 하는지를 이해하지 못하는 게 분명해요. 제가 보기에 그런 식의 대답을 하는 학생들에게는 자기가 공부하려고 계획하고 진행하는 과정에 정작 '자기'가 빠져 있어요. '자기'가 없이 인생을 계획하고 있는 것처럼 보인다는 거예요. "왜 그것을 하고 싶은가?"라는 질문 앞에 한국 사회에 대한 뜬금없는 사명감만 있을 뿐 '자기'는 전혀 드러나 있지 않습니다. "그것을 왜 하고 싶냐?"는 질문에 대관절 한국 사회는 왜 들먹이나요? 한국 사회는 걱정하지 마세요. 오! 간곡히 말하건대, 제발 그러지 마세요. 자기는 자기 일만 잘 해결하면 돼요. 자기만 잘하면 됩니다. 그러면 한국 사회는 저절로 잘되게 되어 있어요. 자기가 하고 싶은 일을 결정하는 과정에서 자기 욕망을 들여다보지 않고, 왜 스스로를 사명의 완수자가 되어야 하는 존재로 규정하는지요?

무슨 일을 하든지 '자기'가 중심이 되어서 움직여야 합니다. '자기'가 없는 곳에서는 어떤 성취도 이룰 수 없습니다. '자기'의 자리를 '사회'나 '국가'에 양보하면 안 됩니다. 각자 자기 자신의 욕망을 실현하는 튼실한 개인들의 총합으로 이루어진 사회라야 건강합니다. 사회를 위해서 자기 욕망을 소외시키는 개인들의 총합으로 이루어진 사회는 결국 부조화스럽고 비틀어집니다.

자기 욕망에 충실해서 '자기의 것'을 하는 사람이 자신이

하는 일을 즐길 수 있습니다. 즐길 수 있어야 또 잘할 수 있지요. 즐거워서 잘할 수 있는 사람이 결국 그 잘하는 성취로 한국 사회를 더 건강하게 만들 수 있어요. 사명감에 짓눌려 일을 하는 개인들이 아니라 행복한 개인들로 자라나서, 그런 개인들이 이룬 사회라야 강하고 튼튼하며 소통이 잘 이루어지고 도덕이 유지되고 경쟁력을 갖게 된다는 것입니다.

저한테 이런 경험이 있어요. 어떤 학생이 대학원을 오겠다고 저를 찾아왔습니다. 그런데 그 학생은 철학에 대해서 그야말로 하나도 준비가 안 돼 있더군요. 학부는 공대를 나왔어요. 그래서 대화를 하는 내내 그냥 어떻게 점잖게 거절해서 빨리 보낼 수 있을까만 궁리하고 있었지요. 그 학생한테 철학과 대학원을 오려면 반드시 갖춰야 하는 기본적인 지식에 대해서 몇 가지 질문을 했는데, 어느 하나도 대답을 못했어요. 그래서 이런저런 이야기로 마무리를 하려는 찰나에, 제가 그 학생한테 습관적으로 물어보았지요.

"무엇을 연구하려고 하는지요?"

그랬더니 그 학생이 이렇게 대답했어요.

"도가 철학을 공부하고 싶습니다."

그래서 여느 때처럼 되물었죠.

"왜 도가 철학을 공부하고 싶지요?"

그 학생이 2분 정도 끙끙 앓더니 겨우 한마디 하더군요.

"저는 『도덕경』을 읽을 때가 제일 편안하고 행복합니다."

저는 그 말을 듣는 순간, '아, 나한테 사람이 하나 걸어 들어 왔구나!' 하는 전율을 느꼈어요. 몇 년 동안 내내 기다렸던 대답을 제가 그 순간에 그 학생으로부터 들을 수 있을지는 생각지도 못했던 거지요. 제 앞에서 스스로 멋쩍은 대답을 한 것으로 생각하고 진땀을 흘리고 있는 그 학생이 자신의 욕망을 정면으로 마주하고 있는 진정한 한 '사람'으로 보였습니다. 이 '사람'은 사회를 위하거나 국가를 위하지 않고 오직 자신의 욕망을 따라서 자발성으로 비롯된 태도로 공부를 할 수 있기 때문에 공부하는 기간 내내 행복할 것이고, 그 행복이 그에게 열정을 제공할 것이며, 그 열정이 창의적 결과로 이어질 것이라는 확신이 들었습니다.

어느 날 제 후배 교수 한 분이 저에게 이렇게 말하더군요.

"선배님, 쟤 저렇게 공부하다 죽을지도 모르겠어요. 어지간히 시켜요."

저는 시킨 게 없어요. 그럼, 그 학생은 왜 다른 사람이 보기에 죽을지도 모를 정도로 공부를 할까요? 그 이유는 딱 하나예요. 자기가 하기 때문입니다. 사명감에서 하는 게 아니고 자신만의 고유한 욕망에 따라 하기 때문입니다. 남이 시켜서 하는 게 아니라 자기가 좋아서 하는 것이기 때문입니다. 자신이 하는 일과 자신의 욕망 사이의 거리가 가까우면 가까울수록 사람은 더 헌신적이고 더 창의적일 수 있습니다. 윤리적 힘도 바로 거기서 나옵니다.

그가 학문적으로 어느 단계까지 성취를 이룰지 아직은 잘 모릅니다. 지금까지는 매우 잘하고 있어요. 하지만 인생을 걸어가는 항로에서 그는 이미 제대로 된 길을 걷고 있는 것만은 분명한 것 같습니다.

나에게 걸어와 준 김재익이라는 '사람'을 만나서 저도 무척 행복했습니다.

살아라, 오늘이 마지막 날인 것처럼

인간은 "내가 나인가?" 하는 질문을 항상 해야 합니다. 내가 나 아닌 다른 것의 노예로 살고 있지 않은가 하는 질문을 항상 자기한테 해야 돼요. 삶은 자기가 사는 것이기 때문입니다. 이타적이든 이기적이든 삶의 활동성은 오직 자기에게서만 비롯됩니다. 자기를 버리는 일마저도 '자기'가 해야 하는 일입니다. 자기가 하는 일과 자기 내적인 활동성과의 거리가 멀면 멀수록 사는 일이 불안하고 피곤하며 뭔가 고갈되어 가는 느낌이 들고 총체적으로 재미가 없습니다.

이때 자기 자신을 오로지 자기 자신이게만 하는 것은 무엇인가? 그것은 타인들과는 공유되지 않고 오직 자기 자신에게만 있는 어떤 힘일 것입니다. 이것을 저는 '욕망'이라고 부릅니다. "내가 나인가?"라는 질문을 달리 표현한다면 아마 "나는 내 욕망을 따라 살고 있는가?"라고 할 수 있을 겁니다. 밖으로만 향해 있는 눈을 자기 내부를 향하도록 돌려놓고 자신의 욕망을 들여다봐야 합니다.

'욕망'이라는 단어를 들으면 여러분들은 벌써 부정적이고 점잖지 못한 느낌이 들 테지요. 왜냐하면 우리는 이성의 신화에 갇혀 있기 때문입니다. 이성은 기본적으로 계산 능력과 관계됩니다. 우리에게 익숙한 이성이라는 단어는 원래 희랍어인 로고스logos를 기원으로 하지요. 이것을 라틴어로 번역하면 라티오ratio가 되고, 이 말은 계산, 비례, 비율, 조화 등등을 뜻합니다. '이성'을 의미하는 불어의 레종raison이나 영어의 리즌reason이 모두 여기에 기원을 두고 있어요.

'이성'을 중심에 놓고 사고한다면 이 세계가 아주 질서 있고 논리적이라는 것을 받아들이게 됩니다. 여기서는 당위로서의 이념이 바로 산출됩니다. 보편성, 당위, 질서, 영원, 구분, 객관, 이념, 기준, 체계, 동일성, 공통성, 본질 등등의 개념들이 한 식구를 이루면서 서로 긍정하고 친하게 지내는 구조가 만들어집니다. '나'에게 있는 개별적 독립성보다는 '우리'에게 있는 공통의 성질이 우선권을 갖게 되지요. 그래서 '나'는 항상 '우리'가 원하는 가치에 도달하려 노력하고, '우리'가 원하는 이념에 도달하기 버거워지면 바로 열등감이나 불행한 느낌 속으로 빠지게 되는 겁니다. 불안과 불행 혹은 고갈되어 가는 느낌은 바로 '우리' 속에서 '내'가 피폐해져 가는 일이 아닐까요? '우리'에 맞추다가 정작 '나'를 잃게 되면 그렇게 되는 것이겠지요.

하지만 '우리'라는 것은 실재하는 어떤 것이 아닙니다. 권력의 구조로만 존재하는 것이지요. '우리'라는 것은 사실 '나'들의 총합일 뿐이에요. '나'들이 합해져서 '우리'가 되었는데, 이성적인 구조 속에서는 '우리'의 실재성을 강조하다 보니, '나'의 존재성은 경시해야 할 것 같은 착각을 불러일으킵니다. '우리'가 실선으로 그려지고, 오히려 '나'는 점선이나 그림자로 그려져야 하는 것으로 착각하는 것이지요. 사실상 실재의 주도권이 '나'에게 있는데도 말이지요.

'나'로 존재한다는 말은 내가 '우리'가 되기 이전의 오직 나에게만 있는 고유한 충동, 힘, 의지, 활동성, 비정형성의 감각 등이 주도권을 가지고 행위 과정에서 최초의 동기로 작동한다는 뜻입니다. 이성적이기 이전에 내적 충동성에서 출발한다는 뜻이지요. 나의 내적인 충동성이 외적이고 이성적인 계산법으로 제어되기 이전의 감각에 집중한다는 말입니다.

저는 오직 '나'에게만 있는 고유한 충동, 힘, 의지, 활동성, 비정형성의 감각 등을 '욕망'이라고 부릅니다. 욕망은 차라리 의식 이전의 무의식 덩어리일 수도 있습니다. 비율에 맞게 계산되기 이전의 종잡을 수 없는 충동 같은 것입니다. 역사화 되기 이전의 야만성 같은 것이죠. 거친 황무지이며, 길들여지지 않은 야생의 힘입니다. 자기 자신마저도 알아듣기 힘든 상태로서 아직 언어도 아닌 야생의 어떤 소리일 뿐입니다. 개보다는 늑대에 가까운 것입니다.

욕망은 '이곳'에 있는 자기를 '저곳'으로 끌고 가려는 힘이고 의지이며 충동이고 생명력이에요. 욕망이 거세된 인간은 '내'가 아닙니다. '내'가 아닌 인간은 사람이 아니에요! '나'를 '우리'라는 우리에 가두지 마세요! 그것이 인문적 태도가 여러분에게 주는 중요한 메시지입니다.

이제, 여러분에게 조심스럽게 묻습니다.

여러분은 지금까지 바람직한 일을 하면서 살았습니까?
아니면 바라는 일을 하면서 살았습니까?
여러분은 해야 하는 일을 하면서 살았습니까?
아니면 하고 싶은 일을 하면서 살았습니까?
여러분은 좋은 일을 하면서 살았습니까?
아니면 좋아하는 일을 하면서 살았습니까?

'바람직함', '해야 함' 그리고 '좋음' 등은 '우리'의 것으로 존재하면서 '나'를 지배하는 것입니다. 이것들은 비율을 잘 맞추어 누구에게나 공통적으로 적용되도록 재단된 이념이지요. 기준이고 권력입니다. 이상적인 단계라고 포장되어 있습니다. 하지만 가만히 생각해 보십시오. 그 '바람직함'을 정할 때 직접 참여해 본 적 있습니까? 왜 자기가 참여해서 정하지도 않은 것을 위해서 죽어라 봉사합니까? 왜 그것을 자신의 내적 충동보다 더 수준이 높은 것으로 보십니까? 그것은 권력에 굴복한 것입니다.

'바람직함', '해야 함' 그리고 '좋음' 등이 선명하고 뚜렷하게 행사되는 사회라면, 그 사회는 단일한 기준으로 관리되고 통제된다는 뜻입니다. 하나의 기준만을 가진 사회, 참 삭막하고 답답합니다. 매우 폭력적인 사회입니다. 우리 사회가 창의적이고 상상력이 풍부한 사회로 진입하려면 저 높은 곳에 자리 잡고 앉아 권력자 행세를 하고 있는 '바람직함'이나 '해야 함' 혹은 '좋음' 대신에 자기가 바라는 내적 충동, 즉 욕망에서 출발해야 합니다.

바람직한 것보다는 바라는 것을 하는 사람으로 채워지고, 해야 하는 것보다는 하고 싶은 것을 하는 사람으로 채워지고, 좋은 일을 하는 사람보다는 좋아하는 일을 하는 사람으로 채워질 때 우리 사회는 건강해집니다. 상상력과 창의성이 샘솟게 됩니다. 더욱 부드러운 사회가 됩니다.

하고 싶은 일을 할 때, 바라는 일을 할 때, 좋아하는 일을 할 때, 그 사람은 잘할 수 있어요. 왜 그런가? '바람직함', '해야 함' 그리고 '좋음'에는 '내'가 없고 '우리'가 있을 뿐이고, 좋아하는 일, 바라는 일, 하고 싶은 일 속에서야 '우리'가 아닌 '내'가 있기 때문입니다. 자기 삶의 동력은 자기 자신만의 고유한 욕망에서 힘을 받기 때문입니다. 보편적 이념의 틀을 벗고 우뚝 선 자아만이 아무 편견 없이 인간이 그리는 무늬를 제대로 볼 수 있는 것입니다.

어느 모임에서 누군가가 제 아내에게 노래 한 곡 하라고 하면 "아, 저는 노래 못하는데요"라고 아내는 일단 발뺌을 합니다. 그런데 나는 분명히 알아요. 제 아내가 노래를 할 줄 안다는 것을. 노래하지 못하는 인간은 있을 수 없거든요. 노래가 무엇입니까? 자기 생각과 느낌을 리듬에 맞추어 소리로 표현하면, 그것이 바로 노래이지요. 제 아내가 노래를 못한다는 말을 제대로 표현한다면 아마 이럴 것입니다. "내 머릿속에는 노래라면 어떠 어떠 해야 한다는 체계가 있는데, 나는 그것을 잘 수행하지 못하겠는데요." 노래를 못하는 것이 아니라 노래에 대해서 자기가 가지고 있는 체계를 잘 수행하지 못한다는 것이겠지요. 그런데 노래를 못한다는 제 아내가 노래를 할 때가 있어요. 바로 설거지 할 때입니다. 노래에 푹 빠져서 제가 거실에 있는지도 모르고 혼자 흥얼흥얼하는 것이지요. 국적 불명이고 장르 불명이지만 참 들을 만해요. 이 세계에 오직 자기 자신만 살고 있는 것처럼 자기에게만 집중해 있으니까 가능한 일일 테지요. 그런데 제 아내에게는 바로 그 노래가 자기 자신이자 자기의 노래일 겁니다.

　자기가 자기로 사는 방법은 별다른 게 아닙니다. 반드시 따라야 할 것으로 자리 잡고서 자기를 짓누르고 있는 체계로부터 이탈하는 길 뿐이에요. 노래라는 체계에서 이탈하여 자기 자신의 내적인 욕망을 직접적으로 발출하면, 그것이 바로 자기 자신만의 고유한 노래가 됩니다. 이것을 붙잡고서 늘어지면 자기만의 창의적인 노래가 나올 수 있는 것이지요. 혼자 있을 때 흥얼거려지는 노래 속으로 자기가 들어가 보는 일이 바로 인문학적 통찰로 나아가는 길과 같습니다. 이 세계의 창의적인 삶, 일류의 삶은 바로 자기만의 세계로 뚜벅뚜벅 걸어들어 갈 때에만 가능합니다. 창조가 이루어지는 풍경입니다.

　지금까지 제가 한 말을 기억하면서 시 한 편 음미해 보세요.

춤춰라

아무도 보고 있지 않은 것처럼

사랑하라

한 번도 상처받지 않은 것처럼

노래하라

아무도 듣고 있지 않은 것처럼

일하라

돈이 필요 없는 것처럼

살아라

오늘이 마지막 날인 것처럼

두 번째 인문의 숲

인간이 그리는 무늬와 마주 서기

우리는 더 행복하고 유연해지고 있는가

첫 번째에 이어 두 번째 인문의 숲으로 왔습니다. 어떻습니까? 자기 욕망으로 점점 더 집중해 가고 계신지요? 자, 그럼, 그 욕망이 더 선명해지도록 계속 재미있는 이야기를 나눠 볼까요?

인문학은 주체적인 삶, 그리고 행복과 밀접한 관계가 있는 학문입니다. 그 인문학을 통해서 삶의 질을 향상시키고 또 행복을 누리는 길, 그 길을 여러분들과 동행해 보도록 하겠습니다.

지금 우리가 함께하는 일이 인문학적 지식을 축적하는 일과는 거리가 있습니다. 우리가 정작 시도하고 있는 일은 어떻게 인문적 통찰과 가까워져 보는가 하는 것이죠. 그래서 저와 함께하는 여정에서 여러분들이 인문학에 대한 지식이 대폭 증가되는 일은 없겠지만, 아마 여러분이 인문적 통찰에 가까워질 수 있는 계기를 만날 수는 있을 것입니다. 지식을 쌓는 것보다 지식을 다루는 힘을 갖는 데 집중해 봅시다.

첫 번째 인문의 숲에서 우리는 어떤 얘기들을 나누었나요? 인문이라는 것은 인간이 그리는 무늬다. 그런데 그 인간이 그리는 무늬를 우리가 제대로 볼 수 있어야 한다. 이걸 제대로 볼 수 있으려면 자아가 준비되어 있어야 한다. 자아의 준비는 뭐냐? 자기를 지배하고 있던 이념이나 신념, 가치관으로부터 벗어나는 것이다. 그런 것들을 부정하고 제거한다는 뜻이 아니라, 그런 것들로부터 자기가 지배를 받지 않는다는 뜻이다. 반대로 그것들을 지배하고 희롱할 수 있어야 한다. 그래야만 자기가 자기로 존재할 수 있다…… 뭐, 이런 이야기들을 했습니다.

여러분에게 몇 가지 질문을 던져 보겠습니다.

여러분은 지식이 증가하고 경험이 늘어남에 따라서 더 자유로워졌습니까?

여러분은 지식이 증가하고 경험이 늘어남에 따라서 더 행복해졌습니까?

여러분은 지식이 증가하고 경험이 늘어남에 따라서 더 유연해졌습니까?

여러분은 지식이 증가하고 경험이 늘어남에 따라서 더 관용적인 사람이 되었습니까?

여러분은 지식이 증가하고 경험이 늘어남에 따라서 가족이나 이웃들과 더 잘 지내게 되었습니까?

여러분은 지식이 증가하고 경험이 늘어남에 따라 눈매가 더 그윽해졌습니까?

여러분은 지식이 증가하고 경험이 늘어남에 따라서 더 생기발랄해졌습니까?

여러분은 지식이 증가하고 경험이 늘어남에 따라서 상상력과 창의성도 더불어 늘어났습니까?

만약 이 질문들에 "예!"라고 대답하지 못한다면, 지식이나 경험은 우리에게 도대체 무엇입니까? 자유도 주지 못하고 행복도 주지 못한다면 도대체 우리는 무엇을 위해서 지식을 쌓고 경험을 늘리는 일에 몰두할까요?

이 질문들이 우리에게 인문학적 통찰과 관련해서 제기하는 의미는 상당히 큽니다. 우리가 지식을 추구하고 경험을 관리하는 데에 있어서 우리는 과연 어떠했는가? 그리고 인문적 통찰과 관련해서 자아를 찾았다면 앞으로 우리는 어떻게 할 수 있는가? 하는 우리 삶의 가장 근본적인 지점으로 우리를 이끌고 가는 질문들이기 때문입니다. 결국 우리는 어떻게 살 것인가에 대한 궁극적 질문과 연관되기 때문입니다.

이 질문들을 마음속에 잘 담아 두시길 바랍니다. 저와 동행하는 인문학 산책길 위에서 여러분과 저는 도란도란 얘기를 나눌 것이고, 산책이 끝날 무렵 여러분들이 저의 질문에 솔직한 마음으로 답하고, 여러분들의 순전한 욕망을 찾길 바라니까요.

요즘 애들은 언제나 버릇없다

여러분이 생각하기에 '요즘 애들'은 버릇이 있는 것 같습니까? 없는 것 같습니까?

한국 남자들, 군대에 있을 때 이런 말들 누구나 해봤을 테지요. 뭐냐? 자기 밑으로 들어온 후임들, 그러니까 '요즘 애들'은 하나같이 군기가 빠졌다는 거예요. 심지어 후임이 자기보다 나이가 많아도 그냥 통칭 '요즘 애들'입니다. 군대에서 '요즘 애들'은 왜 언제나 군기가 빠져 있는 걸까요? 그건 며느리랑 시어머니가 모르는 건 물론이거니와, 대대장도 모르고 군통수권자도 모르는 일일 테지요. 아무도 몰라요.

회사는 다를까요? 기업을 하는 제 친구들 이야기를 들어 보면 요즘 들어오는 신입사원들은 도저히 이해할 수가 없다는 거예요. 그래서 어떻게 해야 될지 모르겠다, 이런 이야기를 해요.

그러니, 누구에게나 다 '요즘 애들'은 좀 이상하다랄지, 우리하고는 조금 다르다랄지 하는 느낌이 있나 봅니다. 그런데요, 요즘 아이들은 버릇이 없다, 이 말은 파르테논 신전에도 기록이 되어 있다고 그럽니다. 물론 낙서겠지요?

아무튼 요즘 애들은 왜, 언제나, 하나같이 버릇이 없을까요? 그리고 '버릇'이란 게 대체 뭘까요?

가만히 생각해 보세요. 인류 역사상 '버릇 있는 요즘 애들'이 존재했던 적이 있을까요? 언제나 '요즘 애들'은 버릇이 없었던 것 같지 않아요? 제가 생각하건대 인류 역사상 '버릇 있는 요즘 애들'은 한 번도 있어 본 적이 없는 것 같아요. 사실 요즘 애들을 버릇이 없다고 비판하는 바로 그 사람도 사실은 얼마 전까지만 해도 '버릇없는 요즘 애들' 가운데 한 명이었을 것임에 틀림이 없습니다. 사실 인류 역사는 '버릇없는' 요즘 애들이 '버릇 있는' 어른으로 변해 가는 과정입니다.

버릇이라는 게 뭡니까? 아이들이 자기도 모르게 딱 태어나서 보니까 자기가 만든 것도 아닌데 세상에는 버릇이라는 게 이미 있는 거예요. 버릇은 단독자로서의 '나'들이 집단으로서의 '우리'가 되도록 만들어진 장치가 아니겠습니까? 자기하고 잘 맞지 않을 것임이 더 분명하고, 또 이미 정해져 있는 '버릇'이란 것을 집단이라는 '우리'에 갇히기 이전의 아이가 어찌 편안히 감당할 수 있겠어요? 당연히 그들과 잘 맞지 않을 겁니다. 그러니까 어떤 아이가 버릇이 없다는 것은 그 아이가 아직 '우리'가 아니라는 말이죠. '우리'로 변하지 않았다는 것이죠. 아직 '나'라는 거예요.

그러니까 버릇이 없다는 말은 어른들끼리 만들어 놓은 어떤 틀 안에 그 아이들이 아직 들어가지 않았다는 얘깁니다. 이렇게 본다면 아이들한테 버릇이 없는 것은 아이들 잘못이 아니에요. 이건 아이들의 직업이에요.

아이들은 버릇이 없어야 해요. 왜냐? 그렇게 태어났으니까요. 아이들이 버릇을 만들었나요? 그 버릇이 제조되는 과정에 아이들은 한 번도 참여해 본 적이 없잖아요. 그리고 천둥벌거숭이인 '나'로 태어났어요. 그런데 사람들이, "너 왜 아직 '우리'가 아니냐?" 이렇게 이야기하지요. 그 아이들로 하여금 자신만의 혹은 자신들만의 새로운 '버릇'을 만들 수 있도록 기다려줘야 합니다.

여기서 또 한 가지! 어른들은 어른의 단계가 인간으로서의 이상적인 단계 내지는 바람직한 단계라고 착각하고 있음을 깨달아야 해요. 어린이들을 아직 어른이 아닌 단계라고 생각하면 안 됩니다. 어린이를 미성숙한 상태로 본다는 것은 어른의 단계를 성숙한 단계로 전제하고, 그 시각으로 어린이들을 보고 있는 것에 불과합니다. 이러면 어린이는 어린이로서의 삶, 어린이로서의 세계를 한 번도 살 수가 없습니다. 항상 아직 미성숙한 어른으로서만 대접받는 것이지요. 어린이를 어린이의 세계로 돌려주어야 합니다.

요즘 애들에게 버릇이 없다고 말하는 것은 전형적인 목적론적 폭력일 뿐입니다. 이미 있는 '버릇'에 굳어 있는 어른들의 시각으로 본다면, 요즘 애들은 항상 버릇없어 보일 수밖에 없지요. 요즘 애들을 버릇없다고 비판한다는 것은 자기에게 딱딱하게 굳은 '버릇'의 체계가 견고하게 내재화되어 있다는 것입니다. 한 번이라도 "요즘 애들, 참 버릇이 없다!"고 말해 본 적이 있나요? 그럼 한번, 반성해 보셔야 합니다. "아! 내가 많이 굳어 있구나!"라고 말입니다. 저도 반성 많이 했습니다.

새로 들어온 젊은 직원들의 말이나 행동이 이해가 안 된다는 말을 한 번이라도 한 회사 간부는 먼저 반성해 볼 필요가 있어요. 그 조직도 사실은 이해하기 힘든 신입사원들로 계속 채워져서 이해하기 쉬운 간부 직원으로 성장해 가는 과정 속에 있거든요. 신입사원들은 잘 보이려고 몸살 난 사람들이에요. 그런 사람들이 이해가 안 된다면 이쪽에서 이해할 준비가 안 되어 있는 게 분명합니다. 신입사원들의 세계를 신입사원들한테 돌려줘야 해요. 그런 신입사원들이 자기 멋대로 해볼 수 있을 때, 그 회사는 세계의 새로운 흐름에 자연스럽게 맞춰질 수 있을 겁니다.

버릇은 구조화되어 있습니다. 항상 과거형으로 존재할 수밖에 없는 것이지요. 새로 등장한 새로운 인간형들하고는 갈등이 빚어질 수밖에 없어요. 이런 의미에서 세상이 답답하게 느껴지지 않는 젊은이는 젊은이가 아니에요. 젊은이가 기존에 정해진 것이 답답하지 않고 익숙하다면, 그럼 늙은 거 아닌가요?

저는 구세대와 신세대를 구분하는 몇 가지 방법을 압니다. 스마트폰을 샀다고 합시다. 구세대는 매뉴얼을 펼쳐놓고 매뉴얼에 따라 차분히 익혀 나갑니다. 신세대들은 이렇지 않더라고요. 신세대는 스마트폰 박스를 뜯자마자 몇 차례 눌러 보고는 곧바로 능숙하게 사용하기 시작합니다. 요즘 10대들을 보니까 매뉴얼 따위는 아예 들춰 보지도 않더라고요. 우리 집에서도 아들이 매뉴얼도 안 보고 이것저것 막 만지작거리면 옆에서 나는 "저 비싼 걸 고장이라도 내면 어떻게 하나?" 하고 걱정하지만, 정작 먼저 고장 내는 쪽은 저예요. 매뉴얼을 보고 차분히 사용법을 익힌 저는 탑재된 기능도 극히 일부분만 사용할 수 있을 뿐이지요. 그러면 스마트폰을 익히는 데 매뉴얼을 따라 일주일씩이나 걸리는 사람하고 매뉴얼도 안 보고 바로 사용할 수 있는 사람하고 정말 같은 인간일까요? 저는 심지어 전혀 다른 인종이라고 생각합니다. 세계와 관계하는 방식, 세계를 이해하는 방식, 세계 속에서 자기를 위치 짓는 방식, 세계를 감수하는 방식 등등을 전혀 다르게 가져가는 전혀 다른 인종이죠.

제가 나름대로 구세대와 신세대를 가르는 또 다른 방식이 있습니다. 구세대들은 대개 컴퓨터에서 문서 작업을 하다가 수정이나 편집을 하려면 일단 프린트 출력을 하죠. 그리고 거기다가 펜으로 수정하고 편집을 한 다음에 컴퓨터에 다시 입력을 시킵니다. 신세대는 이렇게 하지 않더라고요. 신세대들은 수정과 편집을 컴퓨터 화면에서 직접 합니다. 컴퓨터 화면에서 수정과 편집을 직접 할 수 있는 사람과 그렇지 못한 사람은 세계와 관계하는 방식과 느낌을 전혀 다르게 가진 이질적인 인간, 곧 다른 인종 아닌가요?

다른 인종이 다른 인종한테 "너는 도대체 왜 그러냐?" 하는 것이 버릇없다는 말의 진정한 의미일 거예요. 그러면 왜 버릇이 없느냐? '생각'을 하기 시작하면서 버릇이 없어집니다.

교회에서 목사님이 신도들 모아 놓고, "자, 우리 예수님 말씀이 맞는지 틀린지 한번 생각해 봅시다", 이럽니까? 아니지요? 그냥 주신 그대로 무조건 믿자고 하지요. 예수님 말씀이 맞는지 틀린지 생각한다면, 목사님은 얼마나 버릇없는 신도라고 하시겠어요. 생각을 한다는 것은 자기가 움직인다는 겁니다. 자기가 움직이니까 자기가 향유하고 싶은 버릇이 아닐 때는 기존의 그 버릇과 충돌을 빚을 수밖에 없지요. 자연스럽게 나타나는 충돌, 이것을 우리는 자연스럽게 수용해야 합니다.

인문학은 버릇없어지는 것

'미운 일곱 살'이라는 말이 있지요? 요즘은 '죽이고 싶은 일곱 살, 미운 세 살'이라고 한다지요. 말이 좀 과격하고 거칠지만 장난스런 표현이라고 이해하시리라 믿습니다. 어쨌든 저까지는 미운 일곱 살 세대였어요. 왜 일곱 살이 되면 미워지기 시작할까요? 아마 일곱 살부터 자기만의 생각이 시작되기 때문일 겁니다.

〈나뭇잎 배〉라는 동요, 아시죠?

"낮에 놀다 두고 온 나뭇잎 배는 엄마 곁에 누워도 생각이 나요……."

여섯 내지 일곱 살짜리 애한테 가장 안전하고 가장 익숙하고 가장 편안하고 가장 의미 있는 공간은 어디겠어요? 당연히 엄마 품이죠. 그 품은 그 애한테 최상의 공간이기 때문에 더 이상 좋은 곳이나 좋은 것은 있을 수 없겠지요. 그런데요, 아이가 그런 엄마 품에 폭 안겨 있으면서도 이상하게 낮에 놀다 두고 온 나뭇잎 배가 생각이 나는 거예요. 엄마 품속에 있으면서 다른 사랑의 대상을 생각하는 거예요. 다른 그리움을 싹 틔우는 거예요. 즉 자기가 생각하기 시작하는 거지요. 그렇다고 그 엄마가, 어떻게 내 애정을 이렇게 짓밟을 수 있느냐? 너! 나뭇잎 배 따위는 생각도 하지 마! 절대 나뭇잎 배하고는 놀지 마! 이렇게 할 수는 없잖아요?

엄마 품속에 있으면서 나뭇잎 배를 생각하는 나이, 이때가 아마 일곱 살 정도인 것 같아요. 자기만의 그리움, 자기만의 생각으로 점점 자기가 확대되는 거지요. 그래서 버릇이 없다는 것은 아마 자기만의 생각을 갖기 시작하는 것과 상관이 있을 것입니다.

인문학을 한다는 것은 사실 버릇없어지는 것이라고도 말할 수 있을 거예요. 익숙한 것, 당연한 것, 정해진 것들에 한번 고개를 쳐들어 보는 일이에요. 왜? 익숙하게 하는 것, 편안하게 하는 것들은 자기가 아니기 때문이에요. 그럼 무엇이냐? 관습이거나 이념이거나 가치관이거나, 뭐, 그런 것들이죠.

인문학의 기본 출발은 '생각'이에요. 인문학은 출발부터 생각과 함께합니다. 철학의 출발 자체가 믿음의 체계인 신화로부터 벗어나면서 시작되지 않았나요? 철학 즉 인문적 사조가 시작되기 전인 신화의 시대에 인간이 하는 일은 뭡니까? 바로 믿는 일이에요. 이 믿음을 거부하고, 믿음의 대상에 고개를 처들고 인간의 길을 가겠다, 하고 인간 스스로의 힘으로 생각하기 시작할 때, 이때가 바로 철학의 시작입니다. 바로 인문학의 시작입니다.

우리는 일반적으로 서양 철학의 시조를 탈레스Thales라고 합니다. 왜 그런가요? 탈레스의 유명한 말 아시죠? "이 세계의 근원은 물이다." 이 한 마디의 말이 그를 서양 철학의 아버지로 등극시킵니다. 인류 역사상 최초의 선언이라는 것이지요. 무엇이 최초입니까? 탈레스 이전 사람들은 이 세계의 근원을 무엇이라고 생각했습니까? 바로 신 혹은 신들이라고 믿고 있었지요. 탈레스 이전 사람들이 모두 이 세계의 근원을 신이라고 믿을 때, 탈레스는 과감하게 이 세계의 근원을 물이라고 했습니다. 여기서 중요한 점은 무엇이냐? 바로 "세계의 근원은 물이다"는 탈레스의 판단이 신의 계시로부터 온 것도 아니고, 이미 정해진 믿음의 체계를 따른 것도 아니며, 오직 탈레스 본인의 '생각'으로부터 온 것이라는 점입니다. 인간의 삶을 인도할 수 있는 근거를 발견하는 작업을 믿음의 체계를 가지고 하는 것이 아니라 '생각'을 가지고 했다는 것이 최초의 혁명적인 사건인 것이죠.

그래서 철학은 사실 인간이 신을 벗어난 사건에서 시작된 것입니다. 인간의 독립과 관계되지요. 철학은 신화를 벗어나는 일입니다. 믿음을 벗어나서 생각의 세계로 진입하는 것입니다. 신의 세계에서 벗어나서 인간의 세계로 진입하는 일입니다.

동양에서도 마찬가지입니다. 중국에서 최초의 철학자는 노자나 공자를 치지요? 그들 이전에 중국 사람들은 이 세계의 모든 일을 하늘이 결정한다고 생각했습니다. 하지만 공자와 노자는 이 하늘의 결정력, 즉 천명天命에 더 이상 의존하지 않고 인간 스스로 인간 삶의 의미와 질서를 인도할 어떤 틀을 만들려고 하였지요. 그것이 바로 '도道'라는 것이었습니다. 공자나 노자의 '도'도 믿음의 산물이 아니라 철저히 생각의 산물이지요.

르네상스 인문학도, 중세의 신의 세계에서 인간이 고개를 쳐들고, 인간은 어떻게 해야 할지를 스스로 생각하고 또 생각한 결과입니다.

신의 입장에서 본다면, 자신의 품을 벗어나려는 '생각'을 시작한 인간들이라는 것들이 얼마나 버릇없어 보이겠습니까? 인문학은 출발부터 버릇없는 짓이었습니다. "인문학은 생각이

다!"생각은 어떤 의미에서는 저항이지요. 한번 버릇없어져 보는 거예요. 한번 고개를 쳐들어 보는 거예요.

제가 보기에 한국 사회는 특히 이념의 억압과 지배, 신념에 대한 신뢰가 특히 강한 사회 같습니다. 한국 사회를 '아무도 행복하지 않은 사회'라고 극단적으로 표현하는 사람들도 있더군요.

한국 사회는 왜 행복하지 않을까요? 그것은 행복한 사람들로 채워져 있지 않기 때문이에요. 그럼, 행복한 사람으로 이 사회를 채우는 방법은 무엇일까요? 지금부터 여러분들과 함께 인문학적 시각에서 생각해 보고자 합니다. 즐겁고 행복한 삶은 무엇으로부터 오는 걸까요?

우리는 왜 행복하지 않은가?

흔히들 하는 얘기지만, 한국은 OECD 국가 중 자살률 1위의 나라입니다. 반면 출산율은 꼴찌이지요. 어느 통계를 보니, 청소년의 40퍼센트가 자살을 생각해 봤고, 9퍼센트가량은 자살을 시도해 본 적이 있다고도 합니다. 또한 한국 직장인들의 스트레스는 세계 최고 수준이라고 하지요? 어쩌면 이런 통계들조차 익숙해져서 별다른 느낌이 없을지도 모르겠군요.

여러분들 주변에서 "나는 참 행복해"랄지 "나는 아주 즐거워"랄지 또는 "이야, 진짜 재미나는 하루다"라고 말하는 사람이 몇이나 있나요? 그런 말들 말고, "나 너무 힘들어"랄지 "정말 우울해"랄지 또 "오늘 정말 스트레스 받는다"랄지, 이렇게 말하는 사람들이 훨씬 더 많지 않나요? 아니, 자신부터 그렇지 않나요? 요즘은 만나서 하는 인사말이 심지어 "요즘 힘드시죠?"입니다. 왜 우리는 행복하지 않을까요? 도대체 우리는 어떤 세상에서 살고 있는 겁니까? 도대체 우리는 어떻게 살고 있는 걸까요?

우리가 행복하지 않은 이유는 자기가 없기 때문이에요. 행복이라는 것은 '우리'가 느끼는 겁니까? '내'가 느끼는 겁니까? 행복을 느끼는 주체는 누구인가요? 나예요. 우리는 느낌을 함께하지는 못해요. 집단은 느낌을 가지고 있지 않습니다. 집단은 이성이 지배합니다. 비율과 계산이 지배하지요.

제가 앞에서 '버릇'이라고 이야기했듯이, 우리를 지배하는 것은 우리의 욕망이 아니라 우리의 이념입니다. 이념은 원심력이 있습니다. 이념은 계속 높아지고 높아져요. 그러니까 순수를 지향해요. 선명성 경쟁은 여기서 나옵니다. 그래서 순교자적 경지까지 이르러야 합니다. 누가 더 순수한가? 누가 더 맹목적인가? 누가 더 철저한가? 이념은, 믿음은, 신념은, 즉 믿음의 대상은 원심력을 갖고 있어요. 그래서 이것은 인간의 삶으로부터 점점 멀어지고 높아지려 합니다. 멀어지고 높아질수록 진짜같이 보여요. 그래서 누가 더 저 먼 곳까지 도달하는가? 이것만 사명으로 남기 때문에 광신도가 나와요. 맹목적 수호

자들이 나오죠. 그렇게 이념이 높아지면 높아질수록 자기하고는 거리가 멀어지죠. 자기의 구체적인 삶하고는 아주 먼 거리에 있을 수밖에 없어요.

이념이나 신념을 기준으로 놓고 평가해서 아름다운 일상은 존재할 수 없습니다. 왜냐? 아름다움은 여러 사람들이 합의해서 저 위에 걸어 놓은 것이니까요. 창백하고 순수하며 이상적인 기준으로 저 멀리 존재하고 있어서, 구체적인 현재의 내 아름다움이 도달하기는 어려워요. 아니, 아마 불가능할 겁니다. 그러니까 저 높은 곳에 걸려 있는 이념과 구체적인 일상 속의 나 사이에는 틈이 존재할 수밖에 없고, 이 벌어진 틈 사이에서 인간은 방황합니다. 그 틈이 크면 클수록 불행하다는 느낌이 커질 수밖에 없지요. 자존감도 낮아집니다. 이것이 불행의 내용이에요. 그래서 매일 앉아서 자학을 하죠. 나는 부족해, 나는 부족해, 나는 왜 이렇게 살까, 저 이념에 비하면 나는 왜 이렇게 타락했을까, 나는 왜 이렇게 부족할까, 저 기준에서 보면 나는 분명 바보야, 나는 결함이 있는 죄인이야…… 이런 생각을 합니다.

그럼 생각해 보십시오. 실제로 존재하는 것이 이념입니까? 일상입니까? 일상이지요. 이념은 존재하지 않는 거예요. 존재하는 것은 실재 세계에요. 실제로 존재하는 세계를 존재하지 않는 이념으로 재단하려고 한다면 누가 피해를 보겠어요? 당연히 실재 세계가 당하게 마련이죠. 일상이 피해를 보죠. 왜냐? 이념은 피해를 볼 대상이 없어요. 원래 없는 거니까요. 무책임할 뿐만 아니라 완벽하다고 포장된 채로 권위만 부리고 있죠.

그런데 우리는 각자 가지고 있는 이념과 신념을 보편적인 것, 객관적인 것 내지는 합리적인 것이라고 칭송하면서 진리로 확신합니다. 이것은 거짓말일 가능성이 훨씬 큽니다. 일시적으로 옳은 것이거나 유용한 것일 수는 있어요. 근데 보편적이며 객관적이다? 아마 거의 거짓말일 겁니다. 따지고 보면 존재하지도 않는 것이 실제로 존재하는 것들에게 폭력을 행사하는 것이죠. 머슴이 주인 노릇하는 격입니다. 스태프가 감독을 부리고 있는 꼴입니다. 버릇은 존재하지 않아요. 존재하는 건 뭐예요? 이리 뛰고 저리 뛰며 노는 아이가 존재하는 거지요. 구체적으로 존재하는 아이가 추상적으로 존재하는 버릇이란 놈에게 제어를 당하고 있는 꼴이죠.

학교는 하나의 이념으로 관리되고 있어요. 하나의 기준을 강요하는 곳이 학교입니다. 그래서 순종이 최고의 덕목이지요. 무엇에 순종해요? 성적, 공부, 학습, 대학입시 등을 잘해 낼 수 있게 만들어진 기준에 순종하는 거잖아요? 이런 내용이 기준이 되고 또 그것이 절대화되어 있으면, 이 절대 기준을 근거로 학생들은 서열화됩니다. 학교라는 공간 안에서는 이 서열화가 단순히 학습의 능력만을 따지는 것이 아니라, 그 학생 자체의 모든 것을 결정해 버리는 것으로 받아들여집니다. 이런 곳에서 혈기 방장하고 각기 다른 개성을 가진 학생들이 온전히 버텨 나겠어요? 이 절대 기준에 의한 서열화의 맨 밑에 있는 학생일수록 그 학생은 자기가 뭔가 부족한 사람이라는 느낌을 갖지 않을 수 없겠지요? 불행해질 수밖에 없어요. 자기가 자기 존엄성을 갖지 못하고, 자기가 자기를 믿지 못하고, 자기가 자기를 사랑하지 못하게 되어 버리죠. 이건 불행입니다. 인격적 왜곡을 피할 수 없습니다. 폭력은 여기에서 나옵니다.

자기 자신을 믿고, 스스로를 긍정해야 합니다. 여기서 긍정이란 것은, 잘나고 좋은 모습의 나만을 긍정하라는 얘기가 아닙니다. 못나고 일그러지고 추레하게 보이는 나 역시 자신입니다. 못나고 일그러지고 추레하게 보이는 이유는 바로 '당신'이 그래서 그렇게 보이는 것이 아닙니다. 완벽한 체하고 있는 기준에 비춰 보니까 그렇게 보일 뿐입니다. 원래 그런 것이 아닙니다. '당신' 책임이 절대 아닙니다! 그것들을 함께 긍정하고 사랑해야 합니다. 잘나게 보이는 것도 나이고, 못나게 보이는 것도 나입니다. 잘난 나만 받아들이고, 못난 나는 외면한다면 진정 자기가 자기로 사는 게 아닙니다. 집단적 기준에 의해서 자기가 분열되어 있는 것입니다. 주인 사랑을 받지 못한 개는 밖에 나가서도 천덕꾸러기가 됩니다. 자기가 자기를 사랑하지 않는 일, 자기가 자기를 믿지 않는 일, 이것은 천덕꾸러기로 자기를 밖에 내보내는 일과 같습니다. 불행의 시작이죠. 자신에 대한 무한 애정! 자신에 대한 무한 신뢰! 그것이 바로 행복의 시작입니다.

고유명사로 돌아오라

여러분, 숟가락 매일 쓰시죠? 뜬금없이 웬 숟가락이냐고요? 아무튼, 숟가락을 떠올리며 이런 생각을 한번 해봅시다.

예컨대 숟가락을 어른들에게 쥐어 주었을 때, 어른들은 당연히 그것을 일반적 이해인 '밥 먹는 도구'라고만 받아들입니다. 숟가락으로 머리를 빗거나, 숟가락을 칼싸움하는 데 사용할 어른들은 극히 드물겠죠. 왜냐하면 어른들은 자기 자신의 개별성으로 존재하지 못하고, 개념을 즉 지식을 공유하는 '일반' 인간으로 존재하고 있기 때문입니다.

하지만 어린애들은 어떤가요? 숟가락을 마치 장난감처럼 가지고 놀아요. 노는 모습도 다양하겠지요. 왜 그럴까요? 어린애들은 숟가락이 '밥 먹는 도구'라는 일반적 개념 체계에서 벗어나 있기 때문이에요. 숟가락을 일반적인 개념의 고정성에서 벗어나 장난감처럼 가지고 놀 때, 그 아이는 일반명사로서가 아니라 유일한 고유명사로 존재하는 겁니다. 즉 일반이 아니라 개별인 것이지요. 이러할 때 인간은 비로소 지배적 개념 틀의 매개 없이 대상과 직접 만나 일체가 될 수 있는 거예요. 다소 거창하게 표현하자면, 이것이 바로 주객명합主客冥合이며 도가적 천인합일天人合一입니다. '일반' 인간이 개별적 주체로 재탄생되는 것이에요.

인간이 개별적 주체로 등장할 때에만 감정과 감수성이 개입되는 다양한 일들, 이를테면 인격적 성숙이랄지 미학적 삶이랄지 또는 관용과 배려 등등에 참여할 수 있는 것이죠. 인간이 '일반' 인간으로 존재하는 한, 자기 자신의 내면 즉 주체성과 직접 대면하기는 상당히 어렵습니다.

『장자莊子』에는 재미난 이야기들이 가득한데요, 「소요유逍遙遊」편에 나오는 이야기 하나 들려드리지요.

혜자惠子가 위왕魏王에게서 박씨 하나를 얻었습니다. 그런데 열린 박이 너무 커서 물도 담을 수 없고, 바가지로도 쓸 수가 없었지요. 너무 커서 쓸모가 없다고 생각한 혜시는 그 박을 부숴 버리고 말지요. 공연히 크기만 하고 쓸데가 없다고 불평하는 혜시에게 장자는 이렇게 말합니다.

"큰 박이 있다면 강이나 호수에 띄워 놓고 배처럼 타고 즐기면 될 터인데, 왜 그대는 납작하여 아무 쓸모가 없다고 불평만 하는가?"

그러면서 장자는 혜시를 '일정한 틀에 꽉 막혀 있는 사람'이라고 묘사합니다. 확실한 개념을 바탕으로 정확한 지식 체계를 세우려 했던 혜시에게 박이라는 물건은 물을 담거나 바가지로만 쓰일 뿐이죠. 그 관념을 벗어나지 못한 겁니다. 그래서 장자가 혜시를 일러 '일정한 틀에 꽉 막혀 있는 사람'이라고 평가했던 것이죠.

이와 달리, 장자는 어떤 상황에 따라 어떻게 움직여야 하는지를 잘 판단하여, 큰 박과 자기에게 모두 상처받는 일 없이 새로운 생명력을 불어넣었던 겁니다. 만약 장자가 혜시처럼 일반 관념에 포박되어 있었더라면, 어떠한 창의적 행위도 상상하지 못했을 테지요. 장자는 일반 관념 체계를 벗어나 자기 내면의 주체적 독립성에 따라 그 사태와 만났기 때문에 그런 창의적 행위가 가능했던 것이에요.

숟가락이든 큰 박이든, 모든 사람들이 쓰고 있는 것이 아니라 오로지 유일한 나만의 것이어야 합니다. 그래야 일반이 아니라 개별로 존재할 수 있습니다. 숟가락으로 밥 잘 먹으면 되지 뭐 그리 따지냐고 반문하실 독자들을 위해 한 가지 사례를 알려드리지요. 언젠가 〈생활의 달인〉이라는 TV 프로그램을 보니, 숟가락과 밥뚜껑을 이용해 무지하게 빠른 속도로 호박 껍질을 벗기고 호박 속을 긁어내는 시장 상인이 나오더군요. 주변 상인들 모두가 껍질깎기 칼을 쓸 때, 이분은 숟가락을 쓴 거예요. 숟가락이라는 고정된 개념에서 벗어나 자기만의 고유성을 획득한 것이지요. 즉 창의적 행위인 거예요. 자기가 하는 일에서 성취를 이룬 사람들은 대개 이러합니다.

독립적 주체의 확립 없이 창의성은 불가능합니다. 창의성은 주체가 대상을 외압 없이 독립적으로 대면했을 때만 가능하기 때문입니다. 독립적 주체가 확립되었을 때만이 창의성과 같은 차원에서 작동되는 인격적 성숙, 미학적 삶, 행복, 자유 등도 가능합니다. 이런 것들은 모두 '일반'이 아니라 '개별'로서의 자아에게만 확인되는 것들이기 때문입니다. 일반명사가 아니라 고유명사로 존재할 때만 자기가 자기로 존재합니다. 일반의 구속에서 벗어나 오로지 '나'라는 고유명사로 돌아오길 바랍니다.

세계와 개념, 동사와 명사

　우리는 '개념'을 가지고 언어 행위를 합니다.

　이를테면, 북한산에 대해서 이야기할 때 북한산을 직접 가지고 와서 앞에다 놓고 이야기할 수는 없잖아요. 북한산이라는 개념을 가지고 이야기하지요. 그럼 이 개념은 인간이 북한산을 옮겨다 놓는 비효율적인(아니 사실은 불가능한) 행위를 하지 않아도 되게 만들어 주지요. 그러니까 우리가 개념을 가지고 하는 언어 행위라는 것이 우리한테 엄청난 효과를 가져다주는 겁니다. 그런데 이처럼 엄청나게 효율적인 효과만 있을까요? 원활한 소통을 위해 사용되는 그 개념이 우리를 얼마나 제어하는가, 아니면 또는 억압하는가, 하는 것을 우리가 살펴

볼 필요가 있습니다.

　개념槪念에 대해서 이야기해 보죠. '개槪'라는 글자를 봅시다. 쌀가게에 쌀을 한 되 사러 갑니다. 쌀가게 주인은 한 되를 재는 됫박을 가져와 거기에 쌀을 수북이 붓습니다. 그럼 고봉이 되잖아요. 근데 그대로 주면 손해잖아요? 그러니까 그걸 싹 깎아 냅니다. 정확히 한 되가 되도록 깎아 낼 때 쓰는 이 도구를 평미레라고 하는데, 한자로 '개槪'라고 쓰는 거예요. 그러니까 '개'라는 말은 뭐냐 하면, 공통의 틀 속에 들어가지 않는 여분의 것을 깎아 버리는 도구입니다. 그럼, 개념이라는 말은 어떤 뜻이 될까요? 공통의 틀 속에 들어가지 않는 여분의 것이나 사적인 것, 특수한 것은 제외하고 공통의 것, 일반적인 것만을 생각의 형태로 저장한 것이 됩니다. 바로 이것이 '개념'입니다.

　산이라는 개념만을 가지고 북한산을 보면 북한산은 서운하겠어요? 안 서운하겠어요? 북한산은 서운하지요. 왜? 산이라는 공통의 개념으로 북한산을 보면 그 산이라는 공통의 개념에 들어가지 않는 북한산만의 어떤 것, 그것은 거기에 들어갈 수 없기 때문입니다. 사실은 북한산을 다른 산이 아니라 바로 북한산이게 해주는 북한산만의 특징은 포함되지 못하니까요. 북한산이 북한산인 것은 다른 모든 산과 공통되는 특징 때문에 북한산이 아니라 다른 산들과 구별되는 그만의 특징 때문에 북한산이 되는 것 아니겠어요? 그런데 그것을 빼 버리면 북한산은 서운하지요.

이렇게 본다면, 개념은 이 세계를 전면적으로 보여줍니까? 제한적으로 보여줄 뿐입니까? 제한적으로 보여줄 뿐이지요. 그러니까 개념으로 구조된 지식이나 이론은 출발부터 완벽하지 않은 겁니다. 그건 왜냐? 제한된 개념으로 하기 때문입니다.

다른 각도에서 개념을 살펴보겠습니다. 이 세계는 움직이는 겁니까? 정지해 있는 겁니까? 이 세계는 움직이는 겁니다. 이 세계에서 움직이지 않는 건 하나도 없어요. 그런데 개념은 어떻게 되어 있나요? 움직이지 않지요. 개념은 품사적으로 비유하면 명사인가요? 동사인가요? 명사죠. 반면, 이 세계를 품사로 비유하자면 동사인가요? 명사인가요? 동사죠. 이 세계에 명사는 존재하지 않아요. 실제 존재하는 세계에는 명사가 존재하지 않아요. 그렇죠? 텔레비전이라는 개념은 명사지만, 구체적으로 진짜 존재하는 텔레비전이라는 그 기계는 항상 변화하고 있지요.

여러분, 꽃이 이 세계에 존재합니까?

꽃은 존재하지 않아요. 여러분이 보는 것은 꽃이라는 명사에 속한 그것을 보는 거예요. 여러분은 꽃을 산 적이 있습니까? 여러분은 꽃을 산 적이 없습니다. 어디 가서 꽃을 샀다고 하면 거짓말이죠. 왜? 꽃이라는 일반명사는 이 세계에 존재하지 않기 때문입니다. 존재하는 것은 꽃집에서 산 그 장미, 그 백합, 그 국화 등등, 꽃이라는 명사 안에 들어가는 '그것'이 존재할 뿐이에요.

여러분, 멍멍 짖는 개를 본 적 많죠?

어떻게 대답해야 할지 이제 좀 난감한가요? 여러분이 "나 오늘 개를 봤다", 그러면 거짓말이겠죠? 여러분은 개를 본 적이 없답니다. 개는 이 세계에 존재하지 않으니까요. 존재하지 않는 걸 어떻게 볼 수 있겠어요? 그럼, 여러분이 보았다는 것은 뭡니까? 개라는 이름 속에 속하는 '그것'을 본 겁니다.

자, 그렇다면, 여러분은 사람입니까? 아닙니까? 생각해 보세요.

다시 질문합니다.

명사가 딱딱합니까? 동사가 딱딱합니까?

명사가 딱딱하겠죠. 모든 개념은 딱딱해요. 개념으로 무장한 사람은 시멘트 콘크리트처럼 굳어져 가요. 우리의 이념, 지식, 신념들은 다 무엇이냐? 개념의 구조로 되어 있어요. 그런데 그 딱딱하게 굳어 있는 이념을 가지고 부드러운 동사적 세계를 제어하려고 합니다. 그러니 동사적 세계가 얼마나 힘들겠어요. 힘들 뿐만 아니라 사실은 가능하지도 않아요.

우리가 인문적 통찰을 한다는 것은 뭡니까? 시멘트 콘크리트처럼 굳어져 있는 상태를 부드러운 상태로 볼 수 있는 힘을 갖는 것입니다. 명사적으로 세계를 보는 습관을 동사화하는 거지요. 점점 굳어가면서 명사화되어 가는 자신을 율동감이 있는 동사로 되살리는 거예요. 그래서 우리에게 바로 예술이 필요한 겁니다! 예술은 명사적으로 굳어진 나를 동사화하도록 자극시켜 주는 힘을 가지고 있습니다. 그래서 그런 단계를 미학적 삶이랄지 예술적 경지랄지, 이렇게 표현합니다. 인문적 통찰이 궁극적으로 도달하려는 지점이 바로 여기예요.

여러분, 이념 따위는 잘근잘근 씹은 다음에 과감히 뱉어 버리세요. 이념 같은 딱딱한 명사들이 목울대에 걸려 있는 한 말캉한 동사들이 입을 통해 나오기 어렵습니다. 몸속에 들끓는 욕망의 꿈틀거림이 이념과 개념의 필터에 막혀 터져 나오지 못합니다. 다시 한 번 말합니다. 이념 따위의 명사들을 몸 밖으로 뱉어 버리세요. 핏발 서린 이념의 눈빛은 얼마나 촌스러운지요…….

개념이라는 말은 동서양을 막론하고 의미가 똑같습니다. 영어로는 뭐죠? 콘셉트concept라고 하지요. concept란 단어 뒤에 붙는 접미사 -ept 자체가 '가지다/잡다catch/take'라는 의미를 함축한다고 합니다. to take, hold in이라는 의미가 들어가는 단어에 붙이는 모양이에요. 동사형은 컨시브conceive지요. conceive는 '잡다'라는 의미예요. 또, 개념을 독일어로 하면 베그리프Begriff가 되는데, 동사형은 베그라이펜begreifen입니다. begreifen도 역시 '(손으로) 잡다'라는 뜻이에요.

우리가 개념을 이해하는 일을 뭐 한다고 하죠? 파악한다고 하지요. 파악把握, 즉 손으로 잡아 꽉 쥐는 거지요. 동양의 개념도, 영어의 콘셉트도, 독일어의 베그리프도 모두 다 이 세계를 자기가 잡고 싶은 만큼, 잡을 수 있는 만큼 잡아서 손에 남긴 것입니다. 그러니까 자기가 가지고 싶은 만큼, 가질 수 있는 만큼 잡고 빠져 나가는 것은 포기하고 손에 남겨진 것을 생각의 형태로 저장한 것, 이것이 바로 개념이에요. 그러니까 개념은 출발부터 세계를 전면적으로 반영하기에 부족한 것이고, 출발부터 소유적 상태이고, 출발부터 제한된 상태이고, 출발부터 딱딱한 거예요.

그런데 왜 우리는 개념의 구조로 되어 있는 지식이 우리의 구체적 실생활보다 더 우위에 있다고 생각할까요? 왜 우리는 개념의 틀인 이념이 더 우위에 있다고 생각할까요? 왜 우리는 개념의 확신 체계인 신념이 더 우위에 있다고 생각할까요? 이것은 '개념'에 스스로 굴복당한 형국입니다. 마름을 주인으로 착각한 거지요. 마름은 개념이고, 주인은 실재하는 세계이자 바로 '나'입니다. 개념은 실재하는 세계와 살아 움직이는 '나'를 위해 존재해야 하는 마름 같은 것인데, 이 마름이 오히려 실재하는 세계를 제어하거나 '나'를 규정한다는 것이지요. 여기서 '나'가 주인의 자리를 다시 회복하는 것, 바로 이것이 중요합니다. 그래서 이념이나 개념의 정체를 정확히 보는 것은, 나를 찾아가는 중요한 과정 중의 하나가 아닐 수 없습니다.

존재하는 것은 개념이 아니라 사건이다

이번에는 숫자를 한번 생각해 봅시다.

숫자가 존재하는 걸까요? 숫자는 개념이죠. 나무 한 그루를 '1'이라고 표현하기도 하고, 안경 하나도 1로 표현하고, 어떨 때는 서른 개 달걀 한 판도 1이라고 표현합니다. 2만여 명으로 이루어진 학교도 전체를 싸잡아서 1로 표현할 때가 있습니다. 구체적인 세계의 다양한 어떤 경우를 단일적으로 표현해야 할 때 1을 사용하는 것이지요. 이처럼 1은 그냥 개념일 뿐입니다. 1이 1이라는 개념으로 존재하기 위해서 있는 것이 아니죠. 구체적인 세계에 있는 어떤 유형의 상태를 표현하기 위해서 있는 것이지요. 1이라는 숫자를 통해서 도달하려는 최종 지점은

1이라는 숫자가 아니라, 1로 표현된 구체적 세계의 어떤 형태입니다. '1'은 마름이고 '세계'는 주인입니다.

그런데 세계는 정물처럼 그냥 가만히 있지 않지요. 세계는 사건들로 이루어져 있어요. 어떤 한 유형의 사건이 있다고 가정해 봅시다. 그 사건은 하나로 개념화할 수 있는 것과 두 개로 개념화할 수 있는 것이 만나서 새로운 유형을 형성해 내는 사건이에요. 이것을 수식으로는 '1+2=3'이라고 표현해요. 그럼 1+2=3이라는 이 수식이 실제로 존재하는 것입니까? 아니면 1 더하기 2는 3이라는 사건이 존재합니까? 이 세계에 실제로 존재하는 건 사건입니다. 이 사건을 수학적 원리에 맞게 표현해 낸 개념적인 형식이 바로 이 수식이지요. 1+2=3이라는 수식은 마름이고, 그 수식으로 표현되는 이 세계의 사건이 바로 주인입니다.

이 책을 읽는 여러분들은 2차방정식을 풀 줄 아시겠죠? 어떤 분들은 예전에 풀 줄 아셨던 분들이고요……. 제가 여러분에게 방정식 문제를 내는 건 아니니까 당황해 하실 필요는 없어요. 저는 그것도 풀 줄 몰랐던 것 같아요. 그러니까 저도 뭔지 모르고 지내왔던 것을 지금 이야기하는 겁니다.

2차방정식이라는 것이 뭡니까? 구체적인 세계 속에 있는 어떤 유형의 운동 상태, 어떤 유형의 상태를 2차방정식으로 표시

하죠. 그렇죠? 여러분은 2차방정식을 중시합니까? 세계에 2차방정식으로 표현되는 사건을 중시합니까? 2차방정식을 풀 줄은 아는데 이것이 이 세계에 어떤 상태를 표현하는지 모르는 사람이 많더라고요. 대표적으로는 저예요. 2차방정식은 풀 줄 아는데, 그것이 이 세계의 어떤 운동 상태를 표현하는 것은 모른다? 이것도 가만히 생각해 보면 참 우스운 일이죠. 우리가 개념의 세계에 갇혀 있다가 실재의 세계로 돌아오지 못한 모습입니다.

수학을 한다는 것은 문제 풀이를 하는 것에 머무르는 게 아니에요. 앞선 천재 수학자들이 실재 세계의 운동에 존재하는 어떤 유형을 방정식으로 표현해 놓았어요. 그것을 공부하는 사람들은 특정한 방정식을 푸는 방법으로 그 유형의 운동 형식에 접근하려고 합니다. 그래서 문제 풀이를 하는 것이지요. 그런데 문제 풀이를 하다가 문제 풀이에 갇혀 버리게 되는 것이 보통의 일입니다. 그런데 수학을 하는 진정한 의미는 어디에 있습니까? 문제 풀이에 있습니까? 실재 세계에 대한 이해에 있습니까? 이 세계를, 이 세계의 상태, 이 세계의 운동 형식을 수數로 표현할 수 있는 것이 수학이에요. 수학을 잘하고 싶은 사람은 이 세계를 숫자의 형식으로 표현할 수 있어야 합니다. 미술을 한다는 건 또 뭡니까? 이 세계를 색깔로 표현한다는 거예요. 그럼, 철학을 한다는 게 뭐냐? 이 세계를 개념으로 이해하고 설명할 수 있는 거예요. 모두 다 최종 목적은 구체적으로 실재하는 이 세계와 함께하는 것입니다.

이념은 원래부터 진리로 존재하는 것이 아닙니다. 만들어진 거지요. 조작된 겁니다. 구체적인 삶의 세계를 토양으로 해서 빚어진 것입니다. 이념은 자신이 빚어진 실재하는 토양과의 연관성 속에서만 생명력을 유지할 수 있습니다. 그런데 이념을 스스로 창조하지 않고 수입해서 쓰는 곳에서는 이 연관성을 상실한 채 사용합니다. 수입한 모든 이념들은 우리가 만든 게 아닙니다. 다른 토양에서 만들어진 것을 그냥 가져다 쓰는 거지요. 그것을 만들 능력이 없으니까 우리 자신의 토양과는 관계없는 곳에서 만들어진 것을 진리화해서 들여오는 것인데, 그렇게 되면 개념의 구조로 실재의 세계를 제압하려는 구도가 될 수밖에 없습니다. 진리로 취급받는 것은 죽어라 지키는 수밖에 없지요.

하지만 구체적인 세계를 토양으로 해서 이념을 생산한 사람들은 구체적 세계와 이념 사이에 존재하는 유기적 연결 관계를 잘 알기 때문에 토양이 변하면 이념도 변해야 한다는 것을 상식적인 수준의 느낌으로 가지고 있지요. 그래서 이념을 수정하는 일이 그렇게 어렵지 않습니다. 도덕적으로도 당연한 것으로 느끼겠지요. 하지만 이념을 수입한 사람들은 구체적 세계와 이념 사이의 연결 고리를 모르기 때문에 토양이 변해도 이념을 바꾸는 일을 할 수가 없게 됩니다. 이념을 바꿀 수 있는 비밀번호를 모르는 격입니다. 죽어라 지키는 일만 할 수 있지요. 왜? 그 사람에게 그 이념은 영원불변한 진리이니까요. 그래서 바꾸는 것을 변화로 보지 못하고 변절이라고 비난만 할 뿐입니다.

우리나라가 중국 송나라 때 만들어진 주자학을 들여와 통치 이데올로기로 정할 때, 중국은 이미 명나라라는 전혀 새로운 정치적 토양 속에서 양명학으로 넘어갈 때였습니다. 중국 송나라라는 특정한 토양에서 만들어진 주자학이라는 이념을 조선에서 수입하여 사용한 것이죠. 근데 어떻습니까? 중국은 토양이 달라지니까 이념도 거기에 맞추어 변화시켰지요? 조선은 어땠나요? 조선은 다른 토양에서 만들어진 수입품으로서의 이념을 끝까지 고수합니다. 왜 그랬을까요? 우리가 만든 것이 아니라서 우리가 변화시킬 능력이 없는 겁니다. 중국 사람들에게는 그것이 사용해야 할 어떤 것으로 있었지만, 조선인에게 그것은 모셔야 할 대상이 되어 버린 것입니다. 중국인에게는 주도권이 구체적 현실 세계에 있었지만, 조선인에게 주도권은 주자학이라는 이념에 있었던 것이죠. 실재하는 구체적 현실 세계는 이제 실재적 존재성을 갖고 있지도 않은 이념에 의해서 제어되어야 하는 신세가 되어 버린 것입니다.

이념의 생산자들은 왜 자신들이 만든 이념을 변경할 수 있다고 했을까요? 그 사람들은 자기 토양에서, 자기의 구체적인 세계에서, 자기가 만들었기 때문에 비밀번호를 알아요. 어떻게 바꿔야 하는지 압니다. 그런데 그것을 수입해 온 사람들은 비밀번호를 알 턱이 없습니다. 왜? 자기가 만든 것이 아니니까요. 그러니까 그것을 흠집 없이 지키는 데만 목을 매다는 거지요. 오늘날 한국의 이데올로기 문제가 바로 이 문제입니다. 한국의 이념 문제가 이 문제예요.

근본적인 이념은 우리나라에서 만들어진 것도 아니고 대개는 수입된 것인데 그것을 우리 토양에 맞게 변경시킬 힘을 우리가 갖지 못한 거예요. 그건 뭐냐? 왜 힘을 갖지 못했어요? 인문학적 자아를 확보하지 못한 거예요. 자아가 이념이나 신념의 지배를 받고 있어서, 변화하는 세계를 그대로 볼 수 있는 자아가 확보되지 않았다는 뜻입니다. 이념의 지배를 받는 사람은 세계를 봐야 하는 대로 봅니다. 보고 싶은 대로 봅니다. 하지만 보이는 대로 볼 수는 없게 됩니다. 인문적 통찰은 세계를 보이는 대로 볼 수 있을 정도로 준비되었을 때 실현됩니다. 그래야만 이념의 수행자가 아니라 이념의 생산자가 될 수 있습니다. 이념을 보위하는 자가 아니라 내 실정에 맞게 이념을 수선할 수 있습니다. 남이 연주하는 음악만 기계적으로 흡수하는 게 아니라 내 마음에 쏙 들게 변주할 수 있습니다. 지금 인문학이 우리 사회에서 할 수 있는 역할, 그 중요한 지점이 바로 여기입니다.

이제 우리가 우리 스스로의 비전을 만들어 내지 못하면 우리는 딱 여기까지일 것입니다. 우리 스스로의 메시지를 만들어야 합니다. 더 이상 타인이 만든 비전과 메시지를 우상처럼 떠받드는 삶을 살지 않고 우리 스스로의 비전과 메시지를 스스로 만들 수 있으려면 우리가 딛고 서 있는 구체적 토양에서부터 사유를 출발시켜야 합니다. 이론을 가지고 문제에 접근하는 것이 아니라, 곧바로 문제에 접근해야 합니다. 그래서 문제에서 이론을 생산하는 주도적 힘을 가져야 합니다. '이론 먼저 문제 나중'이 아니라, '문제 먼저 이론 나중!'이어야 합니다. 이런 것이 다 무엇과 관련이 있겠습니까? 상상력이고 창의성입니다. 주도적인 삶입니다. 한국인이 한국인으로서 생각하기 시작해야 한다는 것입니다. 각자가 우리가 아니라 '나'로 존재하고 '나'로 활동해야 한다는 뜻입니다.

이념이 강하면 강할수록 사회는 경색되고, 이념 간에 무한 충돌을 빚을 수밖에 없어요. 왜? 이념은 항상 순교자를 원하니까요. 철저한 수행자만 원하니까요. 순교자와 수행자에게 타협이란 없습니다. 이념의 과도한 사용으로 인간은 얼마나 많은 피를 흘렸습니까? 경화된 이념과 신념은 우리를 억압합니다. 그리고 광기와 폭력을 부릅니다.

이 광기와 폭력의 가장 근본적인 지점에 개념이 있습니다. 세계를 개념으로 파악하는 데 익숙한 인간의 습관과 더불어 그 개념과 세계의 진상을 관련시킬 능력을 상실한 점이 인간을 나약하게 합니다. 이것이 인문적 통찰로 해독解讀되고, 또 해독解毒되지 않는 한, 이념 간에 타협이란 존재해 본 적 없는 우리 사회의 이념 간의 그 지독한 갈등을 치유할 길은 아득히 멀기만 할 게 분명하겠지요.

멋대로 해야 잘할 수 있다

어떤 특정한 이념을 정해 놓고, 그것을 보편적이라거나 객관적이라는 평가를 하면서 기준으로 사용하는 일은 사회를 구분하고 배제하고 억압할 수 있기 때문에 결국 폭력적일 수밖에 없습니다. 가치론적 기준을 근거로 해서 세계와 관계해서는 안 된다는 얘기이지요.

중국의 철학자 노자가 보기에 모든 가치는 중립적입니다. 그런데 공자에 따른 문명은 어떤가요? 예禮라고 하는 특정 교화 체계를 저기 높은 곳에 걸어 놓고, 백성들을 모두 거기에 통합시키려고 하지요. 통합적 욕구가 발산하는 이런 가치를 진정한 가치로 아는 것은 옳지 않다는 것이 노자가 하고자 하는 말입니다.

노자는 그 기준이 비록 선한 내용으로 채워져 있다고 하더라도 그것이 기준으로 행사되는 한 폭력을 잉태하는 장치일 뿐이라고 강조합니다. 왜냐하면 보편화된 이념 내지 체계는 그 내용의 선악 여부에 관계없이 기준 혹은 이념으로 작동해 세계를 구분하고, 바람직하다고 간주되지 못하는 한쪽을 배제하는 역할을 하기 때문이지요.

노자가 인간이 아니라 자연에 주목한 이유도 바로 여기에 있습니다. 자연에는 가치론적 기준이 작용하지 않고 그 기준이 목적으로 상정되지 않기 때문이에요. 그래서 노자는 가치론적 기준을 보편적인 틀로 사용하지 말고, 개별자들의 자발적 생명력이 마음껏 발휘되게 할 것을 권유했습니다.

노자는 자신의 생각을 '거피취차去彼取此'라고 표현했습니다. '저것을 버리고 이것을 취하라'라는 말이지요. 즉 저 멀리 걸려 있으면서 인간과 사회를 지배하는 가치론적인 이념과 결별하고 바로 여기 있는 구체적인 개별자들의 자발적 생명력에 주목하라는 이야기입니다.

노자의 이러한 주장은 공자의 생각과 극명히 대비됩니다. 즉 모든 개별적 존재들이 보편적 가치로 합의된 예禮를 기준으로 하고, 그 예에 일치되는 삶을 살도록 해야 한다는 이념을 주장하는 공자의 극기복례克己復禮와 정반대의 입장으로 나타나는 것이지요. 노자의 가르침에 따르자면, 구체적 세계에 있는 개별적 존재들에게는 추구해야 할 보편적 이념도 없고, 세계와 관계할 때 사용해야 할 절대적인 가치 기준도 없으며, 내용적으로 정해진 분명한 도달 목표가 있는 것도 아닌 것이죠. 보편적인 이념의 형태로 행사되는 기준이 없는 한, 개별자들이 각자의 삶을 자율적으로 영위할 수 있는 권리는 빛을 발하게 됩니다.

개별적 존재들이 보편이라는 모자를 쓴 특정한 이념의 지배를 받지 않고 오로지 각자의 자발적 생명력에만 의지해서 약동하는 상태를 노자는 무위無爲라고 표현합니다. 삶을 영위하는 어떤 사람이 '반드시 어떠해야 한다'랄지 '바람직한 일을 해야 한다'라는 당위의 굴레를 벗어나 아무런 기준이나 목적성의 제어를 받지 않고 하는 자발적 발휘, 그것이 바로 무위의 삶입니다.

하여, 노자는 우리에게 이렇게 귀띔합니다. 기준이나 목적의식을 덜고 또 덜어 내고, 약화시키고 또 약화시키고 나면 결국 무위의 경지에 이르게 된다고 말이지요. 무위의 경지란, 쉽게 말해, 일정한 틀에 얽매이지 않고 멋대로 하는 상태를 말하는 것입니다.

사람들이 모두 제멋대로 한다면 어떻게 될까요? 모두가 멋대로 한다면 곧바로 도덕적 혼란의 상태에 빠지고 말 것이라고 걱정하시겠지만, 노자는 전혀 걱정하지 않았어요. 외려 멋대로 해야 제대로 될 뿐 아니라 멋대로 해야 잘할 수 있다고 강조했어요. 노자의 말을 그대로 옮겨 볼게요.

> 멋대로 하라. 그러면 안 되는 일이 없다無爲而無不爲.
> ──『도덕경道德經』37장

노자는 여기서 한 걸음 더 나아갑니다. 멋대로 하면 되지 않는 일이 없기도 하지만, 사회도 비도덕적 혼란에 빠지는 것이 아니라 오히려 "저절로 교화되고, 저절로 올바르게 되며, 저절로 부유해지고, 저절로 소박해진다"고 보았어요.

노자의 목소리를 계속 들어 봅시다. 그에 따르면, 통치자는 백성들이 각자 제멋대로 할 수 있게 해주어야 합니다. 제멋대로 하는 것이 주가 되면, 특정한 기준을 강요하는 위치에 있는 지도자는 존재의 의미가 희박해집니다. 노자가 "최고 수준의 통치 단계는 통치자가 있다는 사실만 겨우 알고, 통치자의 존재를 부담으로 느끼지 않는 단계"라고 말한 이유도 바로 여기에 있습니다.

멋대로 하는 힘은 각자의 욕망에서 나옵니다. 모든 사람들에게 원래부터 갖추어진 것으로 인식되는 이성에 의해 지탱되는 이념의 틀 속에서 멋대로 하는 힘은 결코 싹틀 수 없습니다.

공자는 인간들 가운데 가장 훌륭한 인간인 성인들이 만들고 사회적 합의에 의해서 공인된 '바람직한 틀', '반드시 그래야 한다는 원칙' 그리고 '좋다고 하는 것'을 모든 사람들이 따르고 수용해야 한다고 말했습니다.

노자는 이와 정반대였죠. '바람직한 일'보다는 '바라는 일'을 하고, '해야 하는 일'보다는 '하고 싶은 일'을 하며, '좋은 일'보다는 '좋아하는 일'을 해야 한다고 말합니다. 곧 보편적 이성에서 벗어나 개별적 욕망에 집중하라는 얘기일 테지요. 개별적 욕망에 집중해야 멋대로 할 수 있고, 멋대로 해야 잘할 수 있습니다.

노자, 현대를 만나는 길

"멋대로 하라. 그러면 안 되는 일이 없다"라는 노자의 말이
가슴에 와 닿나요? 노자의 목소리를 좀 더 들어 봅시다.

세상 사람들이 모두 아름답다고 하는 것을 아름다운
것으로 알면, 이는 추하다 天下皆知美之爲美, 斯惡已.
세상 사람들이 모두 좋다고 하는 것을 좋은 것으로 알
면, 이는 좋지 않다 皆知善之爲善, 斯不善已.
— 『도덕경』 2장

'아름답다고 하는 것을 아름다운 것으로 안다'는 것은 정해

진 아름다움, 정의된 아름다움, 이미 공감대가 형성된 아름다움에 동조한다는 얘깁니다. '좋다고 하는 것을 좋은 것으로 안다'는 것도 마찬가지죠. 정해진 아름다움이라는 것은 공통의 본질적 특성을 기반으로 해 많은 사람들이 합의한 아름다움일 뿐이에요. 그것은 보편적으로 관통하는 하나의 특성에 기반한다고 믿기 때문에 누구에게나 합의해야 할 것 혹은 동의해야 할 것으로 강요됩니다. 이처럼 노자는 특정한 기준을 정하고 모든 사람들이 거기에 집중하고 통일돼야 한다고 보는 공자 식의 문명을 반대합니다.

앞서 말했듯이, 공자는 인간의 예禮를 끊임없이 강조한 사람이었죠. 공자가 말한 예란, 전체 사회가 모두 따라야 하는 보편적 기준이었어요. 이 기준을 삶 속에서 실현하는 것이 공자가 건설하려 했던 '인간의 길'이었죠. 노자는 바로 이 점을 공격하면서 자신만의 인간의 길을 걸으려 한 사람이었습니다.

좀 더 구체적으로 볼까요? 노자가 보기에 조직이나 사회의 건강성은 개별적인 각자가 얼마만큼의 자율성을 부여받고 얼마만큼의 자발적 생명력이 허용되는가에 달려 있습니다. 거대 사회나 조직에서는 구성원들이 자기만의 고유함을 드러내기 어렵습니다. 모두가 익명성 속에서 존재할 수밖에 없는 것이죠. 익명성 속에 존재하는 한, 구성원으로서의 자기는 존재의 가치를 부여받는 느낌을 갖기가 어려워요. 단지 부속품으로만 존재한다고 느낄 테지요.

그래서 노자는 조직을 작은 단위로 운영해야 한다고 말합니다. 사회나 조직이 거대해지면 그 속에 있는 구성원들은 익명의 존재가 되기 십상이겠지요. 구성원들이 자기만의 고유한 존재 가치를 느낄 수 있으려면, 작은 단위 속에서 움직여야 합니다. 작은 단위 속에서는 각자의 활동이 모두 자기 자신의 삶으로 받아들여집니다. 거기서 인간은 보편을 추구하는 인간이 아니라 개별적 욕망을 실현하는 매우 자발적인 존재로 재탄생될 수 있습니다. 이성적 존재가 아니라 욕망의 존재로 살 수 있는 것이죠. 바로 거기에서 상상력과 창의성이 비로소 움을 틔웁니다.

사회나 조직의 이런 작은 단위를 노자는 소국과민小國寡民이라는 말로 표현합니다. 노자의 기획은 조직이나 사회의 구성원들에게 삶의 주도권을 돌려주자는 것입니다. 왜냐? 이런 사람들로 구성된 조직이나 사회가 강하다고 믿었기 때문이에요. 이런 조직이나 사회는 단지 강하기만 한 게 아니라 유연하며 여유를 잃지 않습니다.

현대에는 왜 모든 상품이 소비자의 이성보다는 감성을 자극하려는 시도에서 개발될까요? 현대의 조직들은 어떻게 관리되어야 할까요? 모두 작게 쪼개서 관리하는 추세로 나아가고 있지 않습니까? 이는 우리 모두에게 매우 중요한 문제임이 분명합니다.

이성은 보편, 본질, 실체, 목적, 이상, 거대함, 기준, 표준, 통일, 집중 등의 개념과 한 가족이에요. 이성이 부정되면서 이성의 가족들도 더불어 빛을 잃어가는 것이 오늘날 현대의 방향입니다. 그래서 현대는 이성의 가족들보다는 감성의 가족들, 즉 개성, 비본질, 관계, 무목적, 일상, 불확정성, 분산 등의 방향으로 나아가고 있는 것이지요.

오늘날 많은 거대 조직들이 중앙 집권보다는 분산형 팀제로 조직 관리를 합니다. 왜 그러겠습니까? 아마 현대인의 유형에 맞추다 보니, 피할 수 없는 방식이 되었을 겁니다. 팀제라고 하는 작은 단위 속에서라야 구성원이 자기의 활동을 자기 삶으로 느낄 수 있음을 인정하는 것이지요. 이것이 바로 노자가 이야기한 소국과민 시스템입니다.

왜 오늘날 디자인은 이성이 아니라 감성을 주요 코드로 붙잡을까요? 왜 직선보다는 곡선에 긍정적인 시선을 줄까요? 왜 인간의 욕망이 긍정될까요? 모두 현대의 방향이 그러하기 때문입니다. 이러한 현대의 방향을 깊게 인식한다면, 공자나 맹자보다는 노자나 장자를 만나는 게 실속 있을 겁니다. 노자나 장자는 현대를 미리 빚어 놓았으니까요. 마치 오래된 미래처럼 말이죠. 현대를 만나는 길, 그 길을 저는 노자에게서 확인합니다.

지식은 사건이 남긴 똥이다

　지식은 실재하는 세계에서 생산됩니다. 지식은 세계가 남긴 것입니다. 지식은 구체적인 사건들이 남긴 흔적이죠. 지식은 세계를 해석하여 표현해 낸 것이지 세계 자체가 아니에요. 존재하는 것은 뭡니까? 존재하는 것은 세계입니다. 사건이에요. 구체적인 세계와 사건을 토양으로 하여 이념은 만들어졌어요. 그런데 제작되고 조작된 그 이념이 세계를 지배하려고 해요. 이 지배를 당연한 것으로 받아들여야 합니까?

　독일의 철학자 헤겔G. W. F. Hegel은 이런 말을 남겼습니다.

　"미네르바의 부엉이는 황혼녘에 날개를 편다."

　아테네라는 도시를 지키는 지혜의 여신 미네르바는 지혜와

전쟁을 주관합니다. 부엉이는 지혜를 상징합니다. 그런데 지혜를 상징하는 부엉이는 대낮에는 뭐하고 있다가 황혼이 되어야 날개를 펼까요? 황혼은 대낮이 지난 다음이지요. 대낮은 어떤 시간입니까? 다양한 사건들이 일어나는 시간이지요. 사건들이 잠잠해지고 세상이 고요해지기 시작하는 시간을 황혼녘이라고 합니다. 지혜를 상징하는 부엉이가 황혼녘에야 날기 시작한다는 것은 사건이 번잡하게 일어나던 시간에는 가만히 있다가 사건이 마무리되고 조용해지면 그때서야 활동을 시작한다는 뜻입니다. 지식의 수동성과 지식인의 소극성을 폭로하는 것이죠. 대낮에는 사건들이 벌어지고 이 사건들이 잠잠해지면 그때서야 지식인들이 등장하지요. 지혜를 관리한다는 지식인들이 그때서야 나타납니다. 지식인들이 나타나서 뭘 합니까? 그 사건이 왜 벌어졌는지, 그 사건은 무슨 의미가 있는지, 어떻게 이해해야 하는지에 대해서 분석을 해요. 그렇게 해서 나온 결과물이 소위 지식이고 이론이라는 것입니다.

좀 가까운 시간에 우리가 겪었던 일을 예로 들어 볼까요? 우리나라는 분단국가로서 군사적 긴장이 여전히 해소되지 않고 있지요. 나라 사정이 이러하니 군사 전문가란 사람들도 많습니다. 그런데 군사 전문가가 그렇게 많아도 북한의 연평도 포격을 막지 못했습니다. 이때 전문가들은 무엇을 하고 있었습니까? 연평도 포격이 일어나고 있을 때는 모두 가만히 있습니다. 하지만 연평도 포격이 멈추고 조용해지면, 즉 황혼 무렵에 여기저기서 서서히 나타납니다. 그래서 황혼 무렵에 시작되는 7시 뉴스에 출연하여 연평도 포격의 의도와 진행 과정 그리고 사후 전망까지 다양한 분석을 내놓습니다. 지혜의 '부엉이들'은 사건이 끝난 다음에 다양한 각도에서 살피고 분석하여 '체계적인 틀'을 가진 결과물을 산출해 냅니다. 그것이 바로 이론이고 지식입니다. 이론이나 지식은 대개 이렇게 탄생합니다.

이처럼 우리 곁에 있는 대부분의 지식들은 대개 다 대낮에 일어났던 사건들이 남긴 결과물이에요. 그러니까 지식은 사건이 남긴 똥인 거예요. 그런데 여기에 심각한 문제가 있습니다. 사건은 흐르지만, 지식은 정지해 있다는 점입니다. 사건은 지식이라는 똥을 남긴 다음에 그대로 머무르는 일 없이 바로 다음 사건으로 이동하지요. 그런데 이 세계에 동일한 사건이 다시 일어나는 일은 있을 수 없습니다. 다음에는 분명히 다른 내용의 사건, 다른 맥락의 사건이 일어날 수밖에 없어요. 근데 정지해 있는 지식에 갇힌 지식인은 그 지식에 제한되고 고정되어 있기 때문에 새로운 사건을 만나더라도 그것을 새로운 것으로 보기가 쉽지 않습니다. 그 새로운 사건을 그 사건 자체의 의미 그대로 볼 수가 없지요. 당연히 자기가 가지고 있는 지식을 가지고 새로운 사건을 해석하니 정확히 파악하기가 불가능할 수밖에요. 좀 더 자세히 설명해 볼까요?

A라는 사건은 결과적으로 A-라는 지식을 남깁니다. 그런데 A라는 사건은 더 이상 A로 정지해 있지 않고, 시간을 타고 흘러서 이제는 전혀 새로운 B라는 사건이 일어나지요. B라는 사건에서는 B-라는 이론이 형성되어야 합니다. 그런데 A-라는 지식을 가지고 있는 지식인이 B라는 사건을 만나면 왕왕 진리 차원의 확신으로 소유한 A-라는 이론을 가지고 B라는 사건을 해석하기 십상이라는 것입니다. 이렇게 되면 정확한 해석이나 이해가 가능하겠어요? 그런데 그 지식인의 말을 듣고 모두 '이론 A-'로 '사건 B'를 관리하게 되지요.

개념에 익숙하고, 이론에 익숙해 있는 사람들은 지식을 종종 진리로 간주합니다. 그래서 사건에 집중하는 것이 아니라 A-라는 지식에 집중해서 '지식 A-'를 가지고 B라는 사건을 관리하려고 하는 것이죠. 이렇게 되어 지식인이나 전문가들은 왕왕 세계를 조그만 구멍이 나 있는 대롱으로 보면서도, 전체를 보고 전체를 설명할 수 있다고 허풍을 떨지요.

그래서 전문가들은 세계를 전진시키는 데 사실 별 역할을 못해요. 오히려 자기가 가지고 있는 이론의 틀을 진리로 확신하며 가지고 있으면서 발목을 잡는 경우가 훨씬 더 많습니다.

이런 사람들이 미래를 예측할 수 있겠어요? 어려울 겁니다. 모든 사태를 '지금의 조건'에서만 해석하기 때문입니다. 이 조건 자체가 달라진다는 사실도 받아들이지 않고, 또 지금의 조건이 어떻게 달라질 것인지 예측할 동력도 갖고 있지 못합니다. 경부고속도로를 만들 때, 또 인천 공항 만들 때 반대했던 지식인이나 전문가들이 지금 다 어디에 있나요? 그 많던 전문가들은 어디로 갔을까요?

세계를 발전시키고 움직이게 하는 것은 이론가들이 아니라 실천가들이고 행동가들입니다. 전문가들이 자기만의 경색된 이론 틀로 실천가와 행동가들의 발목을 잡으면 안 됩니다. 지식으로 무장한 이론가들이 쉽게 지위가 높아져서도 안 됩니다. 전문가들은 행동가와 실천가들에게 사용되고 이용되어야 합니다. 실천가나 행동가들은 사건에 집중해요. 수준 높은 이론가들이 나오는 것보다 더 중요한 것은 수준 높은 행동가, 수준 높은 실천가들이 나오는 겁니다. 세계는 지식인들이 생각하는 것보다 훨씬 복잡하고 미묘합니다. 그래서 '내공' 있는 실천가와 행동가들이 역사에서는 더욱 중요합니다. 그런 사람들이 지식인들에게 휘둘리지 않으면서 미래 지향적으로 활동할 수 있기 때문입니다.

"미네르바의 부엉이는 황혼녘에 날개를 편다"는 말을 기점으로 해서 우리는 지식을 중심에 놓고 매우 중요한 통찰을 이해해야 합니다. 우리는 일반적으로 지식을 무엇에 관한 일정한 형태의 이해라고 생각합니다. 그런데 무엇에 관해서 이해만 하고 적절한 예측을 하지 못하면 그 지식이 무슨 의미가 있을까요? 새로운 사건을 만나서 거기에 적절하게 대처할 수 있는 새로운 시각을 창조해 내지 못한다면 무슨 의미가 있냐는 말입니다.

지식은 무엇을 이해하는 데 머물러 있는 것이 되어선 안 됩니다. 제가 생각하기에 지식은 "아는 것을 바탕으로 하여 모르는 곳으로 넘어갈 수 있는 것"까지여야 합니다. 아는 것을 근거로 하여 우리에게 아직 열려져 있지 않은 곳으로 들어갈 수 있어야 합니다. 그러면 지식은 우리에게 뿌리로 기능하지 않고 날개로 기능할 것입니다. 한곳에 머무르게 하는 것이 아니라 다른 곳으로 날아갈 수 있게 해주어야 합니다. 지식이 명사가 아니라 동사여야 하는 이유입니다. 세계는 명사가 아니라 동사이기 때문입니다.

세계에 실재하는 것은 사건입니다. 이론은 사건이 남긴 똥이라고 했지요? 그럼, 진정한 의미에서의 지식은 무엇일까요? 그것은 제가 똥이라고 자극적으로 표현하였던, 이론에 대한 이해가 아니라 사건과 이론 사이에 작동하는 유기적 관계를 이해하는 것입니다. 앞에서 든 예로 돌아가 봅시다. '사건 A'는 '이론 A-'를 남깁니다. '이론 A-'를 자신의 전문 지식으로 가진 사람은 새로운 '사건 B'를 만나서도 '이론 A-'로 컨트롤하려고 할 겁니다. 이것은 지식을 고정된 어떤 형태로 받아들이기 때문이지요.

진정한 지식인은 아마 이렇게 하겠지요. 자신의 지적 활동을 '이론 A-'에 국한시키지 않을 것입니다. 아마 이 사람은 '이론 A-'에 집중하는 대신에 '사건 A'와 '이론 A-' 사이에 작동했던 유기적 관계에 더 집중할 것입니다. 이 유기적 관계를 통찰하기 때문에 새로운 '사건 B'를 만나서는 '이론 A-'를 고집하지 않고 '사건 B'가 펼칠 유기적 활동을 예측할 수 있어요. 그래서 '사건 B'를 만나서는 당연히 '이론 B-'를 예측할 수 있는 것입니다. 결국 그 사람은 '사건 B'에 적절하게 대처할 수 있을 테지요. 이것이 지적 활동의 생산적인 모습입니다.

어떤 지식도 예측할 수 있는 힘을 주지 않는 것이면 다 가짜예요. 어떤 지식인도 예측할 능력이 없다면 그가 가진 지식은 모두 허구입니다. 예측한다면 응용할 수 있어요. 적용할 수 있지요. 지식에 정통하는 이유가 응용할 수 있는 데 있지 않다면 무슨 가치가 있겠습니까? 그래서 공자님도 『논어論語』의 「자로子路」편에서 "『시경詩經』에 나오는 시 삼백 수를 모두 외웠다고 하지만 그에게 조그만 정치적 사안을 맡겨도 제대로 처리하지 못하고, 외국에 사신으로 가서도 혼자 응대할 수 없다면, 아무리 시를 많이 외웠다고 한들 무슨 소용이 있겠는가!"라고 일갈하신 거지요. 응용의 범위 안에서라야 행복, 성숙, 인격의 함양 등등도 함께합니다. 그렇다면 왜 예측할 수 없는가? 그 까닭은 단순합니다. 예측할 힘이 없으니까요. 그럼, 왜 힘이 없는가? 개념과 지식과 이념의 노예가 되어 있기 때문입니다.

지식을 똥이라고 하는 것은 지식이 아무 필요 없다는 뜻이 아닙니다. 지식이나 이론이 사건의 흔적이라는 것을 강조하기 위해서였을 뿐입니다. 사실 똥에도 식물의 성장에 필요한 양분이 많이 들어 있어서 우리는 그것을 거름으로 사용하지 않습니까? 그렇습니다! 거름입니다! 지식은 통찰을 위한 거름, 아는 곳에서 모르는 곳으로 넘어갈 수 있게 해주는 거름, 인격과 욕망의 깊이를 키우는 데에 사용되는 거름, 바로 거름인 것입니다. 하지만 생명을 키워 주는 거름을 생명으로 착각해서는 안 됩니다. 그러면 오히려 생명이 위축되어 버립니다. 머슴이 주인 노릇 하게 내버려 두면 안 된다는 얘기입니다.

인문적 통찰이라는 것은 우리가 가지고 있던 지식의 정체를 한번 정확히 대면해 보자는 겁니다. 우리는 지식을 관리하는 사람인가? 아니면 우리는 지식을 신봉하는 사람인가? 지식의 지배자인가? 아니면 지식에 지배당하는 사람인가? 지식을 희롱할 수 있는가? 아니면 지식에 포박당해 꽉 막혀 있는가? 지식과 이념으로부터 자유롭지 않은 지식인은 예측을 할수가 없고, 시대적 사명을 감당하지 못합니다. 예측할 수 있는 것에까지 인도할 수 있는 내적인 동력이 있는 사람은 이념의 노예가 되지 않고, 그 이념을 바꿀 수 있는 비밀번호를 찾으려 부단히 노력합니다.

인간의 무늬를 대면하라

영화나 드라마에 나오는 키스신을 한번 떠올려 보세요. 키스하는 여인의 표정을 주의 깊게 보셨는지 궁금합니다. 극중의 어떤 여인이 사랑하지도 않는 남자와 키스를 하는 장면들이 더러 나오지요. 사랑하는 마음 없이 키스를 하는 이 여인의 심정을 감독은 어떻게 표현할까요? 모두 다 그런 건 아니겠지만, 눈을 뜨고 키스하는 것으로 표현하는 것 같더군요. 반대로 사랑하는 여인이 키스를 할 때는 눈을 감고 합니다. 눈을 뜨고 하는 키스가 더 진실해 보입니까? 눈을 감고 하는 키스가 더 진실해 보입니까? 말할 필요도 없이 눈 감고 하는 키스가 더 절실하고 진실하게 느껴지죠? 더 황홀해 보이죠?

진실하게 사랑하는 여인은 키스를 할 때, 왜 눈을 질끈 감을까요? 그것은 상대를 보지 않음으로써, 서로 하나라는 마음을 느끼고 전달하려는 뜻이 아닐까요? 일체감을 만들거나 확인하려는 것이겠지요. 그럼 사랑하지 않는 여인은 왜 키스를 할 때 눈을 뜰까요? 그것은 "당신과 나는 서로 구분되어 있습니다. 일체가 아닙니다"라는 의사 표시가 아닐까요? 본다는 것은 구분하는 것입니다. 많은 사람 가운데 누구를 본다는 것은 그 사람을 다른 많은 사람들로부터 구분해 내는 겁니다. 또는 그 사람 외에 다른 사람은 보지 않는다는 것입니다. 여러 사람들 중에서 그 사람만 골라내는 것이기도 하죠. 보는 일은 구분하고 구별하는 일입니다.

그러니까 여자가 키스할 때 눈을 뜬다는 것은 당신과 나는 구분되어 있다는 것을 표현하기 위해서이고, 키스할 때 여자가 눈을 감는다는 것은 구분을 제거하여 일체감을 확보하려는 뜻이라고 해석할 수 있겠지요.

우리가 어떤 이념을 따른다랄지 신념을 지킨다랄지 하는 것은 기준을 가졌다는 뜻입니다. 기준을 가졌다는 것은 구분을 하겠다는 것이죠. 기준을 강하게 가지면서 구분을 하지 않는 일은 불가능합니다. 그것은 마치 오늘 부산으로 출발했는데 도착은 어제 했다는 것만큼 불가능하지요. 그럼, 구분한 다음에는 어떻게 합니까? 구분한 다음에는 반드시 선택을 하고, 선택을 한 다음에는 선택하지 않은 쪽을 배제하지요. 또 배제한 다음에는 반드시 그 배제된 대상을 억압합니다. 이념이나 신념 혹은 가치관이 개인이나 사회에 대하여 폭력으로 행사될 수 있는 이유예요.

어떤 특정한 신념과 이념을 가지고 있으면서 인문적 통찰을 시도한다? 불가능합니다. 구분해서 하는 저급한 판단을 앞에서 제가 뭐라고 했습니까? 정치적 판단이라고 했지요? 정치적 판단과 결별한 인문적 통찰은 화장기 없는 맨 얼굴로 인간의 동선, 인간이 그리는 무늬를 정면으로 마주 대하는 것입니다. 그래야 이미 있는 조건에 맞추어 세계를 해석하지 않고, 세계의 움직임 그대로를 볼 수 있습니다. 이렇게 해야만 진정한 의미에서 미래 지향적인 효용성이나 성취가 획득될 수 있지요.

저는 별로 잘하는 게 없는 사람입니다. 그런데 뭔가 잘하는 게 하나는 있어야 할 것 같아서 연습을 한 게 있습니다. 바로 두더지 잡기를 잘합니다. 진짜 기어 다니는 두더지를 잘 잡는다는 말이 아니겠죠? 대개 초등학교 근처 문방구 앞에 놓여 있는 두더지 잡기 게임이지요. 두더지가 한 마리씩 머리를 내밀면 망치로 두들기는 게임 있잖아요. 저는 그것을 잘합니다. 어떻게 하면 잘할 수 있는지 여러분들께 알려드리겠습니다. 두더지가 머리를 내미는 판을 정면에 놓고 한 발짝 뒤에 섭니다. 이때 가장 중요한 포인트가 있어요. 무언가 하면 눈을 뜨는 기술입니다. 눈을 가늘게 실눈으로 유지해야 합니다. 부처님 눈처럼 말이죠. 완전히 감으면 아무것도 안 보이니 보는 듯 안 보는 듯해야 한단 말이죠. 그러니까 우리 어머니 표현대로 하면 '거짓말로 보는' 거예요.

이렇게 거짓말로 보는 상태에서 망치를 들고 서 있으면 튀어 올라오는 두더지가 '보이는 것'이 아니라 '감각'됩니다. 보지 않고 감각할 때, 몸은 드디어 인간에서 동물로 전환되지요. 이성에 주눅 들어 숨죽이고 있던 본능이 살아납니다. 본능적인 감각에만 의존하여 동물적으로 움직이게 됩니다. 더듬이가 고도로 예민하게 작동하는 모습이지요. 근데 이때, 튀어 올라오는 두더지가 궁금해서 눈을 크게 뜨고 초점을 맞추어 '보려고' 하면 자기의 성취는 딱 거기까지입니다. 게임 오버! 이쪽에서 튀는 두더지를 보는 순간, 저쪽에서 튀는 두더지는 못 보게 됩니다. 하나만 잡고 다른 것을 놓치는 거지요. 보는 기능으로 인하여 이것과 저것이 자신에게 구분되어 다가온 결과입니다.

이처럼, 우리가 세계를 하나의 기준으로 구분하는 순간 세계는 자기한테 반쪽밖에 안 열립니다. 나머지 반쪽은 자기와 아무 관련이 없는 것으로 처음부터 배제되어 버리는 거지요.

우리가 이 반쪽의 세계만 가지고 만족하면 다행인데, 그렇지를 않아요. 반쪽의 세계를 가진 다음에는 다른 반쪽을 비난하고 억압하지요. 나머지 반쪽을 자기와 다른 것 혹은 자기가 의존해 있는 것으로 인정하지 않고, 잘못되거나 비진리인 것으로 치부합니다. 심지어는 악으로 규정해 버립니다. '다른 것'을 '틀린 것'으로 규정해 버리는 것 아니겠습니까? 이렇게 되면 자신의 불행이 시작될 뿐만 아니라 사회의 혼란도 커집니다.

우리가 인문적 통찰을 통해서 도달할 수 있는 궁극적 지점은 어디냐? 행복입니다! 갈등 속에 휩싸이지 않게 해줍니다. 더욱 아량 있는 사람으로 만들어 줍니다. 생명력이 넘치게 해줍니다. 자기가 좋아하는 일에 헌신하도록 인도해 줍니다. 상상력이나 창의성이 넘치게 해줍니다. 이념과 가치관과 신념의 체계를 벗어 던지고 인문적 통찰의 길로 진입하는 순간 오로지 자기만 우뚝 서 있는 경험을 하게 됩니다. 생명력이 충만한 오로지 자신만의 욕망이 드러납니다. 순수한 자기 욕망이 지식에 매몰되지 않고 그 지식을 딛고 지혜로 나아갈 수 있게 만들어 줍니다. 그것이 바로 욕망입니다. 나를 이곳에서 저곳으로 옮겨 줄 수 있는 의지, 생명력, 동력, 충동입니다.

두 번째 인문의 숲으로 들어서며 제가 던진 질문에 여러분은 매우 불편하기도 했을 겁니다. 그런 질문을 하는 저는 얼마나 불편했겠어요? 여러분은 지식이 증가하고 경험이 늘어남에 따라서 더 유연해졌습니까? 왜 유연해지지 못합니까? 지식에 제한되기 때문에 그렇습니다. 경험을 관념으로 가두기 때문에 그래요. 이것을 벗어나서 자기 안에서만 비밀스럽게 활동하는 생명력, 욕망, 충동을 살려 내야 합니다. 이 충동이 여러분을 인문적 통찰의 길로 인도할 것입니다.

인문적 통찰을 다시 한 번 정리하면, 인간이 그리는 무늬, 인간이 그리는 결, 인간이 움직이는 동선에 직접 대면할 수 있는 힘을 갖는 것입니다. 인간이 그리는 무늬를 맨 얼굴로 대면하는 순간, 여러분은 이미 알고 있던 것을 바탕으로 하여 모르는 곳으로 넘어가려는 힘을 느낄 수 있을 겁니다.

그런 의미에서 시작할 때 제기했던 질문을 여러분에게 다시 한 번 던져 보도록 하겠습니다.

여러분은 지식이 증가하고 경험이 늘어남에 따라서 더 자유로워졌습니까?

여러분은 지식이 증가하고 경험이 늘어남에 따라서 더 행복해졌습니까?

여러분은 지식이 증가하고 경험이 늘어남에 따라서 더 유연해졌습니까?

여러분은 지식이 증가하고 경험이 늘어남에 따라서 더 관용적인 사람이 되었습니까?

여러분은 지식이 증가하고 경험이 늘어남에 따라서 가족이나 이웃들과 더 잘 지내게 되었습니까?

여러분은 지식이 증가하고 경험이 늘어남에 따라 눈매가 더 그윽해졌습니까?

여러분은 지식이 증가하고 경험이 늘어남에 따라서 더 생기발랄해졌습니까?

여러분은 지식이 증가하고 경험이 늘어남에 따라서 상상력과 창의성도 더불어 늘어났습니까?

여러분이 지식과 이념과 신념의 정체를 정확히 파악하고 거기에 짓눌려 있던 자기의 욕망을 정면으로 이끌어 내서 자기가 알고 있는 지식을 바탕으로 모르는 곳까지 건너갈 수 있는 힘을 가지시길 바랍니다.

명사에서 벗어나 동사로 존재하라

지식은 우리를 자유롭게 하는가

어느덧 세 번째 인문의 숲으로 들어섰습니다. 어떤가요? 저와 이야기 나누며 점차 버릇이 없어지고 계시나요? 익숙하고 당연한 것에 고개를 쳐들어 볼 마음이 생기나요?

여기서 제가 관심을 가지고 인문학적 범위 안에서 이야기하고 있는 내용은 주로 다음과 같은 관심에서부터 출발했습니다.

자유에 대한 인문학적 지식은 있는데 왜 우리는 자유롭지 못할까?

행복에 대한 인문학적 지식은 있는데 왜 우리는 행복하지 않을까?

긴 시간 동안 다양한 방면에서 인문학적 지식을 접촉했음에
도 그 인문적 지식이 왜 우리 삶에서는 구체화되지 않을까?

왜 나는 행복에 대한 지식만 쌓지 정작 내 자신의 행복한
삶을 꿈꾸고 실천하지 못할까?

왜 나는 자유에 대한 지식만 쌓지 정작 내 자유로운 삶을
생각하지 못할까?

왜 나는 행복과 자유를 창조하지 못할까?

우리는 다양한 인문학적 지식들을 배웁니다. 대개는 서양의
그것들 또는 중국의 그것들입니다. 과거 우리나라 철학자나 문
학가들의 것들도 배웁니다. 그런데 우리가 지식의 형태로 받아
들이는 그것들이 그것을 산출한 바로 그 생산자들에게는 체
계로서의 지식이 아니라 삶이었지요. 바로 현장現場이었습니다.
그 사람들의 삶의 흔적이고 삶의 표현들이죠. 율동의 일종이
었습니다. 그런데 그것을 우리가 받아들일 때는 그 사람들의
삶의 표현으로서가 아니라 하나의 지식으로 받아들이는 경우
가 많습니다. 그래서 삶의 율동으로서의 인문적 지식을 만들
때 개입되었던 그들의 땀 냄새, 고뇌, 희망, 번민, 갈증의 느낌
등등은 세탁되어 버립니다. 그들을 둘러싸던 부산스러운 저잣

거리의 소음들, 바람 소리, 흙먼지, 싸움 소리 등등도 제거되어 버립니다. 역사의 뒤틀림, 혁명의 열정, 미래를 마주하는 불안한 눈빛들도 탈색되어 버립니다. 그래서 율동감이 사라진 고요와 창백한 추상만이 남습니다. 우리가 흡수한 지식 체계는 그렇게 남겨진 것입니다. 사건은 잊혀지고, 사건이 남긴 지식만 갖게 되는 것이지요. 사건과 지식 사이의 유기적 관계에 대한 체득은 사라지고, 창백한 지식만 남게 됩니다.

제가 여러분과 나누고 싶은 이야기는 무엇이냐? 인문학은 지식이 아니라 활동이어야 한다는 것입니다. 인문학 공부하는 것이 고시 공부하는 것과 다르지 않으면 되겠습니까? 인문적 지식이 마치 법조문 외우듯이 하나의 지적 체계로 흡수되어 있으면 거기에서 무슨 지혜의 빛이 발광할 수 있겠습니까? 제가 여러분들과 공유하고 싶은 건 다른 것이 아닙니다. 인문적 지식을 가지고 어떻게 인문적 활동의 불씨를 살릴 수 있는가 하는 것입니다.

왜 우리는 자유에 대한 지식은 있는데 자유롭지 못할까? 지식이 증가하고 경험이 늘어나는데도 왜 우리는 더 유연하지 않을까? 왜 우리는 더 행복하지 않을까? 이제 이 질문에 답해 봅시다. 저는 이렇게 강조합니다. 우리한테는 지식을 지혜로 숙성시키거나 자기가 아는 지식과 경험을 유연함, 행복, 창의성 등과 같은 인격적 단계로 밀어 올릴 수 있는 힘이 없기 때문입니다. 우리에게는 지식이 지혜로 넘어가고, 이미 있는 경험의 기억이나 지적 체계들이 삶의 동심원을 더 활발하게 펼쳐 줄 수 있는 활동의 힘이 갖춰져야 합니다. 체계가 아니라 힘입니다! 그 힘을 저는 '주체력'이라고 표현하고 싶네요. '인문력'이라고 하면 너무 억지일까요?

여러분들도 '덕德'이라는 말은 한 번쯤 들어 보셨죠? 주체력과 관련해서 우리는 '덕'이라는 말을 주의 깊게 볼 필요가 있습니다.

'덕'이란 무엇인가

여러분들에게 '덕德'이란 어떤 것인가요?

우리가 일반적으로 덕이란 단어를 가지고는 내면의 두툼한 어떤 것을 표현하지요? 봉사, 헌신, 인자함, 자애로움, 이해심, 배려 그리고 포용력 등이 '덕'이란 단어의 둘레를 감쌉니다. 덕이라 하면 흔히들 이처럼 도덕적 가치와 깊이 관련시켜서 생각하지요.

이런 맥락에서 두 영웅을 대비시켜 볼까요? 중국의 『삼국지』에 나오는 유비와 조조를 보지요. 대개 유비는 덕이 있는 사람, 조조는 덕보다는 재주나 권모술수가 뛰어난 사람으로 받아들이지요? 정말 유비만 덕이 있고, 조조는 덕이 없을까요?

저는 조조에게도 덕이 있다고 봅니다. 오히려 조조가 덕을 더 많이 가지고 있다고 생각할 정도입니다. 여러분들과 의견이 좀 달라서 의아해 하실 것도 같은데요, 그 까닭을 말씀드리기에 앞서 '덕'이란 게 무엇인지 그것의 정체를 먼저 파악해 보고자 합니다. 왜 조조에게도 덕이 있는지, 아니 외려 조조에게 왜 덕이 많은지, 이 의아함을 유지하시길 바랍니다. 자, 조급해 하지 마시고 천천히 한번 살펴볼까요? 이제부터 아주 흥미로운 역사의 풍경이 펼쳐집니다.

'덕'이라는 개념은 중국의 고대 주나라 때 생긴 개념입니다. 주나라는 기원전 1046년부터 기원전 256년까지 중국 중원을 장악했던 나라입니다. 그런데 덕이라는 건 주나라 이전의 은나라 때까지는 없던 개념이에요. 주나라 때 와서야 생긴 개념이 바로 덕이라는 개념입니다. 은나라는 제정일치 국가입니다. 모든 것을 인간을 초월해 존재하는 신神인 상제上帝가 결정한다는 것을 믿던 시대였습니다. 인간이나 자연도 상제가 만들어서 지배하고 제도나 가치도 상제가 만들어서 움직인다는 것이지요. 그러니까 당연히 모든 권위와 정당성의 원천도 모두 상제에게 있지 않겠어요? 은나라로 하여금 중국을 지배하도록 정해 준 것도 바로 상제였습니다.

그런 은나라, 즉 상제로부터 지배권을 받은 나라가 주周라고 하는 새로운 세력에게 멸망을 당하죠. 상제로부터 지배권을 받은 은나라는 멸망하리라 누구도 상상하지 못했겠지요. 모든 일을 상제가 결정하는데, 상제가 세운 나라가 망한다는 것은 상식적으로 있을 수 없는 일 아니겠습니까? 그런데 이런 황당함은 은나라를 멸망시킨 주나라에게도 마찬가지였겠죠? 아직 상제로부터 명령을 받지 않은 주나라가 상제의 보호를 받고 있던 나라를 멸망시킨다는 것도 있을 수 없는 일 가운데 하나가 아니겠습니까? 멸망한 나라가 황당한 만큼, 멸망시킨 나라도 황당하기는 마찬가지였던 것이죠. 그러니 멸망한 나라에게나 건국한 나라 모두에게 역사의 교차 지점에 서서 각각 멸망과 건국을 정당하게 설명할 필요가 생겼습니다. 특히 건국한 나라에게는 새로운 건국의 정당성이 확보되어야 했던 것이지요. 그 시대의 정당성 확보란 다른 것이 아니에요. 바로 건국을 하라는 신의 명령을 받았다는 것을 확인해야 하는 것입니다.

그러니까 어떻게 했겠어요? 하느님의 뜻이, 즉 상제의 뜻이 은나라에서 주나라로 옮겨 왔다는 설명을 해야 하지 않겠어요? 이것을 설명하는 과정에서 덕이라는 개념이 만들어집니다. 물론 덕이란 개념의 생성에 이 역사적인 한 가지 이유만 있었던 것은 아니지만, 좀 단순화하자면 이렇게 볼 수 있습니다. 상제의 뜻이 은나라에서 주나라로 옮겨 왔다면 왜 혹은 무엇을 근거로 옮겨 왔을까요? 바로 '덕'입니다! 은나라는 상제의 명령을 받아서 나라를 유지했지만 덕을 상실하여 상제의 마음이 떠났다, 그런데 은나라와 달리 주나라는 덕을 가지고 있어서 상제의 뜻이 주나라로 옮겨 왔다는 도식입니다.

덕의 유무에 따라 신의 뜻이 옮겨진다는 것이 사실인가 아닌가는 우리에게 중요하지 않습니다. 이 역사적 교체를 정당화하는 과정에서 중국인들은 역사와 세계를 해석하는 하나의 방식을 새롭게 가지게 되었음을 이해하는 게 중요합니다. 세계 속에서 인간의 위치를 새롭게 규정할 수 있게 되었다는 것입니다. 무슨 뜻인지 좀 자세히 살펴봅시다.

이제 덕이라는 개념을 가지고 인간은 하늘에 대해서 나름대로의 영향력을 행사할 수 있게 되었어요. 덕이라는 개념의 출현은 최소한 중국 역사 속에서는 인간이 주도권을 가진 존재가 될 수 있는 가능성의 문을 최초로 조심스럽게 연 계기가 된 거예요. 달리 말해, 신에 대하여 독립적이고 주체적인 존재가 될 수 있음을 최초로 드러낸 것입니다.

덕이라는 개념이 없을 때 인간은 하느님의 그림자에 불과했어요. 인간의 삶 모든 것이 신의 뜻이었지요? 인간이 활동하는 자연 세계뿐만 아니라 사회 제도 같은 문명의 흔적들까지도 모두 신의 뜻이었을 뿐이에요. 모든 것을 자기 뜻대로 하던

신이 이제는 덕이 있고 없음에 따라 자신의 행위를 결정하게 되었다. 덕의 존재 유무에 따라서 자신의 행위를 결정한다, 이것은 엄청난 변화입니다. 신이 자신의 뜻을 펼치는 데 멋대로 하는 것이 아니라 어떤 근거에 따라 하게 되었다는 것이니까요. 신의 움직임에 최소한의 틀이 생기게 된 것입니다. 그런데 신의 움직임을 제한하는 그 틀이 인간의 내면성과 관련되어 있습니다. 생각해 보세요. 인간의 지위가 얼마나 높게 상승한 것입니까? 인간이 신의 움직임에 영향을 미칠 수 있게 되었으니까요. 덕이라는 개념을 가지면서 인간은 하느님과 합리적인 관계를 맺을 수 있는 어떤 근거를 가진 존재가 되었습니다. 신, 즉 세계의 절대 권위와 상대할 수 있는 존재로 인간이 등장한 겁니다. 바로 '덕'을 매개로!

이제 중국 사람들의 머릿속에서 덕은 주체적이고 독립적인 각도에서 인간을 설명하고 인간의 존재를 이해하는 데 가장 기초적인 범주로 등장했습니다. 덕이 있어서 인간은 비로소 인간이 되기 시작했어요. 신의 부속물이나 신의 그림자에서 자기 고유의 존재성을 가지려고 시도하기 시작한 것이에요.

그러면 덕이 무엇이길래 하늘까지 움직일 수 있을까요? 고대에는 통치의 차원에서도 가장 중요한 일은 제사였습니다. 하늘에서 모든 결정권이 내려오기 때문에 인간은 하늘의 음성,

하늘의 결정 내용을 잘 알아들어야 되겠지요? 하늘의 음성을 알아듣고자 펼친 행사가 바로 제사입니다. 잘 알아들을 수 있는 특별한 능력이 있는 사람들을 '무巫'라고 했지요. 그러니 당시에는 그 사람들이 권위를 가지고 지배력을 가질 수밖에 없었습니다. 왜냐하면 가장 중요한 일을 가장 잘하는 사람이니까요. 당연히 이 사람들이 제사를 집전하는 제사장들이 되지 않겠습니까?

제사장들은 하늘의 뜻을 알려면 하늘과 소통할 수 있어야 하고, 소통할 수 있으려면 특별한 마음의 상태를 유지해야 했습니다. 당시에는 제사가 의미 있는 가장 중요한 행사였습니다. 제사를 통해서 신의 뜻을 알 수 있고, 또 제사를 올리면서 드리는 기도를 통해서 인간의 충성스런 정성을 신에게 전달할 수도 있기 때문입니다. 그런데 제사장이 제사를 지낼 때, 요동치는 마음과 정리되지 않은 몸가짐으로 한다면 신과의 소통은 아예 불가능하겠지요. 제사를 잘 지내기 위해서는 당연히 신과 소통할 수 있도록 아주 잘 정화된 내적인 마음의 상태가 먼저 준비되어야 합니다. 그런 마음으로 정비되도록 준비된 절차가 있었는데, 그 절차만 잘 지키면 신과 소통할 수 있을 정도의 마음의 상태에 도달하게 되는 것이었어요. 그 절차를 바로 '예禮'라고 불렀습니다. 아마 이것이 '예'의 가장 원시적인 의미가 될 것입니다.

　신과 소통할 수 있는 마음 상태를 갖추기 위해 제사장들은 며칠 전부터 향이 많이 나는 음식은 안 먹는달지, 시간에 맞춰 목욕을 준비한달지, 그리고 걸음을 걸을 때는 어떻게 걷는달지 하는 준비를 했을 테죠. 제사를 집전할 때도 다양한 행위 절차를 만들어 놓고 그것을 준수하면서 합니다. 그렇게 만들어진 행위 절차를 뭐라고 했느냐? 바로 예禮입니다. 그 예라는 행위 절차를 밟아 나가면 하늘과 소통할 수 있을 정도로 어떤 순수한 마음의 상태가 만들어져요. 이렇게 하여 만들어진 이런 내면의 상태가 바로 '덕'입니다. 그래서 덕德은 제사장이나 제사에 참여한 사람들이 신과 소통할 수 있을 정도로 잘 준비한 정제된 마음입니다.

　덕을 갖춘 이 마음은 아마 태어날 때부터 가지고 있던 원래의 마음일 것입니다. 그런데 이것은 그냥 '마음'이라고 하기에는 의미가 훨씬 더 복잡합니다. 그것은 단순한 심리 상태가 아니라 거기서 자신을 표출하고 성장시키는 모든 힘이 나오는 어떤 내적인 상태이기 때문입니다.

　어떤 의미에서 '덕'은 나중에 만들어진 욕망이나 지식 혹은 믿음 체계 등이 닿기 전의 원래 상태를 말합니다. 즉 어떤 사특한 마음도 침범하지 않고 오직 인간으로밖에 없는 마음, 순수한 마음의 상태, 그러한 것입니다. 어떤 의미에서는 문명 이전의 마음, 언어 이전의 마음, 가치 이전의 마음이지요.

이 덕의 상태가 갖춰지면 하늘과 소통할 수 있습니다. 소통할 수 있는 힘을 갖는 것이지요. 그러니까 이 덕의 마음을 가지면 하늘을 움직일 수도 있는 거예요. 그래서 이제 인간은 덕을 통해서 하늘과 통할 수 있게 되었습니다. 그리고 덕을 매개로 해서 인간은 합리적인 행위 규칙을 갖게 된 것입니다. 마찬가지로 신마저도 합리적인 행위 규칙을 갖게 되었습니다.

툭 튀어나오는 마음

자, 이야기를 계속 풀어보겠습니다.

'덕'이란 건 무엇인가? 바로 인간 본래의 마음입니다. 조금
더 구체적으로 글자 풀이를 해보죠. '덕'이라는 한자는 다 쓸
줄 알죠? 덕德은 한자로 보면, 두인변彳—두인변은 '걷는다'는
의미입니다—옆에 붙어 있는 것은 직심直心이에요 지금 우리
가 사용하는 덕德이라는 글자는 처음에는 그냥 직直과 심心으
로만 되어 있었죠. 바로 덕悳이라고 썼던 거예요. 지금도 사용
하고 있는 글자입니다.

그럼 직심直心이란 뭘까요? 직直이라는 글자에는 '반듯하다'
는 뜻도 있고, 또 '곧바로'라는 뜻도 있어요. 영어도 그렇더라

고요. 영어로 right는 '옳다'라는 뜻도 있지만, '바로'라는 의미도 있잖아요? 그러니까 '직'이라는 것은 바로 툭 튀어나온다는 것이에요. 직심直心은 아무런 고려도 없이 바로 툭 튀어나온 마음이지요.

공자 말씀을 담은 『논어』를 보면, 미생고微生高라는 노나라 사람의 집에 어떤 사람이 와서 식초를 빌려 달라고 해요. 그런데 미생고한테는 식초가 없었어요. 미생고는 그 사람에게 식초가 없다고 솔직히 말하지 않고, 옆집에 가서 얻어다 주었지요. 그러니까 제자가 공자한테 물어봅니다. 미생고는 '직'한 사람입니까, 아닙니까? 공자가 답했죠. 그 사람은 '직'한 사람이 아니다. 왜 직한 사람이 아니냐? 그 다음 문장에 바로 우리에게 익숙한 말이 나옵니다. 즉 미생고는 '직'하지 않고 교언영색巧言令色했다는 것입니다. 꾸몄다는 말이지요. 다른 사람한테 잘 보이거나 친절하게 보이기 위해서 만들어진 행동이라는 것입니다. 그러니까 이건 '직'이 아니라는 것이죠. 직이라는 것은 "툭!" 하고 튀어나오는 마음입니다. '직'하지 않은 행동은 예禮에 맞지 않는 행동입니다. '예'에 맞지 않는다? 인간으로서 의미 없는 행동이란 것이지요.

노자도 이런 비슷한 말을 해요. 노자는 '함덕지후 비어적자含德之厚 比於赤子', 곧 "두터운 덕을 가지고 있는 상태는 어린애와 같다"라고 했어요. 어떤 의지나 이념이나 신념이나 가치관이 아직 틀로 형성되기 전에 인간이 간직하고 있는 순수한 마음의 상태, 그것을 노자는 덕이라고 했어요. 바로 지식과 이념의 지배를 받기 이전에 오로지 '나'로만 존재할 때의 본래적인 상태인 것이지요.

애써 꾸미거나 의도한 게 아니라 본래적인 것이라면 "툭!" 하고 튀어나올 수밖에 없습니다. 그래서 "그 사람은 다 좋은데, 덕이 없어!"라는 평가는 어떤 한 사람을 근본적인 차원에서 무너뜨리는 말인 것이죠. 아주 무서운 말입니다! 즉 능력은 있으나 아직 사람이 덜되었다는 뜻이거나, 지식은 있더라도 인격적으로는 문제가 있다는 말 아니겠어요? 흔히들 덕성을 먼저 갖추는 것이 재주나 능력을 갖추는 것보다 중요하다고 합니다. 먼저 인간이 되어야 한다는 말도 하지요. 사실 세월을 지내면서 성공한 사람들의 면면을 보다 보면, 결정적인 것은 역시 인간됨이구나 하는 것을 느끼곤 합니다.

서울대학교 법대 학생들 50명을 한군데 모아서 한 달간 공동생활을 하게 한다고 가정해 봅시다. 모두들 똑똑한 사람들 아닙니까? 1주일만 지나면 거기에 분명 서열이 생깁니다. 누가 정해 준 것도 아닐 텐데 말이죠. 선명한 서열이 정해지지는 않더라도 어떤 일을 결정할 때 마지막으로 "이 사람의 의견은 꼭 들어 봐야 할 것 같다"고 누구나 인정하는 사람이 암묵적으로 등장하게 마련입니다. 누군가에게 리더의 역할이 주어지게 되는 것이죠. 참 재미있는 일입니다.

그럼, 과연 그가 가진 무엇이 그 사람을 리더의 상황으로 몰고 갈까요? 지식의 양? 집안 배경? 완력? 아닙니다. 알 수 없는 어떤 힘이 느껴지기 때문입니다. 바로 카리스마죠. 아우라입니다. 그것이 바로 덕의 표현입니다. 그런 사람들에게는 공통된 모습이 있을 거예요. 자기를 고집하지 않는달지, 항상 일정한 방식으로만 생각을 강요하지 않는달지, 뭔지 모르지만 좀 넉넉해 보인달지 하는 그런 모습들이죠. 그것이 바로 뭐냐? 덕의 상태예요. 그런데 왜 그 사람한테는 의견을 꼭 듣고 싶은가? 이상하게 그 사람은 다른 사람들보다 더 제대로 된 결정을 해요. 왜 그 사람은 항상 제대로 된 결정을 하는가? 아마 그 사람은 다른 사람들보다 편견이나 신념에서 좀 더 자유로울 것입니다. 편견이나 신념이나 이념 등의 두께가 얇으면 얇을수록 내면의 덕성의 두께가 두터워지는 거예요. 이 덕성의 발견, 이 덕성에 의탁한 행위, 이것이 바로 우리를 인문적 통찰로 끌고 갑니다.

때때로 저는 궁금합니다.

'학창 시절의 그 많던 1등들은 다 어디로 갔을까?'

이 세상의 리더들이 다 '1등들'이었습니까? 아닙니다! 창의적 활동을 하는 사람들, 상상력으로 충만한 사람들, 현실적으로 큰 성취를 이루는 사람들, 봉사와 헌신으로 사회적 공헌을 하는 사람들, 이타적 삶으로 모범을 보이는 사람들이 있습니다. 학창 시절의 1등들이 아닐 겁니다. 오히려 1등들은 이 자리에 별로 없습니다. 지적인 열세를 극복하고 결국 더 크고 의미 있는 성취의 길을 가게 하는 힘은 어디에서 오는가? 지식의 양에서는 뒤떨어지지만 더 풍부한 상상력과 효과적인 창의력을 발휘하게 하는 힘은 어디에서 오는가? 그것은 바로 그 사람을 지배하는 지식이나 이념이 아니라 그 사람을 움직이게 하는 내적인 동력 같은 것입니다. 그 사람의 바탕이지요. 바로 덕德이라고 부를 수 있는 것입니다.

중국의 사마천司馬遷이 쓴 『사기史記』라는 역사서의 한 편인 「손자오기열전孫子吳起列傳」에 다음과 같은 이야기가 나옵니다.

위魏나라 무후武后가 서하西河에서 배를 타고 물길을 따라 내려갔다. 중간쯤 내려가다가 주위를 둘러보더니 오기吳起에게 말했다. "참 좋구나. 이 험준한 산하의 요새여! 이것이야말로 위나라의 보배로다!" 그러자 오기는 "나라의 보배는 임금의 덕이지 험준한 요새가 아닙니다.

…… 이렇게 보면 나라의 보배는 덕에 달린 것이지 요새의 험준함에 달리지 않은 것임을 알 수 있습니다. 만약 임금께서 덕을 닦지 아니하면 이 배에 있는 사람들도 모두 적이 될 것입니다"라고 간언했다.

여기서 사마천은 험준한 요새를 뛰어난 재주에 비유하고 있습니다. 재주에는 지적인 능력이 주된 것이겠지요? 하지만 아무리 재주가 많아도 덕이 없다면 그것들은 무용지물이라고 하네요. 오히려 가까이 있는 사람들까지도 원수로 돌변시킬 수 있답니다. 그런데 덕이 없으면 측근들까지도 원수로 돌변하게 할 수 있다는 말은 곧 덕이 있다면 원수도 측근으로 바꿀 수 있다는 말과 같지 않겠습니까? 덕에는 감화력이 있습니다. 이 감화력이 발동하는 곳이 바로 주체가 꿈틀대는 곳입니다. 여기서 덕은 단순한 도덕적 의미에 머물지 않습니다. 오히려 근본적이고 종합적인 토대로서의 인격적 덩어리, 그러한 내면의 상태를 말합니다.

공자는 말합니다. "덕은 외롭지 않다. 반드시 이웃이 있다德不孤, 必有隣. 『論語·里仁』." 덕을 가진 사람은 이념과 신념에 부림을 당하지 않습니다. 지식에 조정당하지도 않지요. 본래적인 자발성과 생명력이 작동하는 그 '터'를 잘 지키고 있는 사람입니다. 이런 사람에게서는 감화력이 향기처럼 뿜어져 나와 자발적 동조자를 갖게 된다는 뜻입니다. '덕이 있다'는 사실과 '이웃을 갖는다'는 결과 사이에는 논리적으로 아무런 필연성도 없지요? 이것은 어쩌면 인생의 영원한 수수께끼일 수도 있습니다. 하지만 이것은 사실입니다. 그래서 덕이 있으면 원수도 측근으로 바꿀 수 있는 것이에요.

이번에는 장자의 말을 들어 볼까요? 덕의 감화력이 더욱 극적으로 드러납니다.

애태타哀駘它라는 사람이 있었습니다. 아마 『장자』에 나오는 많은 인물들 가운데 가장 매력적인 인물일 겁니다. 애태타는 몰골이 매우 추했어요. 그런데 "그와 함께 지낸 사내들은 그를 따르며 떠나지를 못하고, 그를 한 번이라도 본 여자들은 '다른 남자의 아내가 되느니 차라리 그분의 첩이 되겠습니다'라고 부모들께 간청했다"고 합니다. 장자는 분명히 말합니다. "겉모습만 멀쩡해도 주변의 도움을 받기가 쉬운데, 하물며 외형의 근본이 되는 덕을 온전히 가지고 있다면 어떠하겠는가?" 애태타가 추한 생김새에도 불구하고 사람들에게 강한 흡인력을 보일 수 있었던 것은 바로 덕을 가지고 있었기 때문입니다. 그래서 그는 "아무 말을 하지 않아도 남들이 모두 믿고, 무슨 업적을 이룬 것도 아닌데 사람들은 그를 좋아하며, 자기 나라까지도

맡기려 하면서 오히려 애태타가 그것을 안 받는다고 할까 봐 지레 걱정할 정도"의 사람이었어요. 덕의 향기가 발휘하는 힘이 어느 정도인지 알 수 있습니다. 덕은 추남도 매력덩어리로 만들어 버립니다.

덕은 오로지 주체, 그 자체일 뿐입니다. 지식의 체계도 벗어나고, 가치의 결탁도 끊어 버리고, 이념이나 신념도 힘을 발휘하지 못하는 어떤 내적인 동력입니다. 오로지 자기가 자기로만 존재하는 '터전'이지요. 그 터전에서라야 자기가 독립적 주체로 드러납니다. 결국 인간의 맨 얼굴 상태가 바로 덕인 것이죠. 덕은 신으로부터 인간의 독립을 상징하는 개념입니다. 그래서 주체와 덕은 깊이 연관됩니다. 여기에서 주체는 '성숙'의 둥지를 틀게 되지요.

자! 앞에서 이야기한 것이 기억나시는지 모르겠네요. 인문적 활동은 지식과 이념의 지배를 벗어나서, 자신이 주체로서 우뚝 섰을 때라야 가능하다는 말씀 말입니다. 인간은 화장기 없는 맨 얼굴이라야 인간이 그리는 무늬를 만날 수 있습니다. 정치적 판단과 결별하여 인문적 통찰로 나아갈 수 있습니다. 인간의 동선을 편견 없는 맨 얼굴로 만날 수 있을 때, 비로소 상상하고 창조할 수 있습니다. 사람들에게 감동을 주는 매력적인 힘도 바로 여기서 나옵니다.

정치도 덕을 근거로 할 때라야 근본적인 차원에서 흡인력을 보여줄 수 있습니다. 바로 공자가 그렇게 생각했습니다. "덕을 근거로 하여 정치 행위를 한다는 것은 마치 북극성이 제자리를 지키고 있으면 모든 별들이 모여들어 함께하는 것과 같다고 비유할 수 있다爲政以德, 譬如北辰, 居其所而衆星共之.「論語·爲政」." 덕을 지키고만 있으면 그것이 가지는 감화력이 매우 유효한 정치적 흡인력을 선사하는 것입니다. 자! 창의성도 상상력도 통치의 감화력도 자유도 행복도 유연함도 관용도 모두 각각 따로 있는 게 아닙니다. 덕을 중심으로 연결된 통합적 능력이지요.

앞에서 제가 유비보다 조조가 덕을 더 많이 갖고 있다고 말씀드린 거 기억하시죠? 이제 그 이유를 말해 볼게요.

유비는 기존의 이념에 충실했습니다. 이미 가지고 있던 기존의 관념으로 변화하는 역사를 대했지요. 반면에 조조는 역사의 흐름 그 자체로 수용했습니다. 기존의 이념과 관념으로부터 강하게 지배받지 않았습니다. 그래서 세를 정확히 판단하고 역사 흐름에 맞는 정확한 조치를 취할 수 있었습니다. 그래서 천하를 차지했습니다. 이념의 지배를 받던 유비, 이념의 지배를 받지 않고 상대적으로 더 독립적일 수 있었던 조조, 누가 더 덕을 가진 사람입니까? 제가 보기에 조조가 유비보다 더 덕이 있는 사람입니다. 종합적인 능력이 훨씬 뛰어났지요. 마음 여리고, 잘 운다고 해서 덕이 있는 사람은 아니지요.

그런데 덕은 사실 존재하는 어떤 것의 구성물이나 근거로서 있는 게 아닙니다. 권위를 가지고 가만히 멈춰 있는 것이 아니에요. 존재하는 어떤 것을 지탱해 주는 '무엇'이라기보다는 활동이자 향기이자 동력입니다. 힘인 것입니다. 덕이라는 개념은 출현할 때부터 신의 뜻을 움직이게 할 수 있는 힘이었습니다. 나의 덕이 약해지고 타락하면 신의 뜻도 나를 떠나지만, 내 덕의 '향기'가 전해지면 신의 뜻을 임하게 할 수 있는 바로 그 힘이었던 것입니다. 그래서 덕은 지식의 대상이 아니라 삶의 향기와 힘을 발산하는 동력으로 회복되어야 합니다. 이 덕을 회복함으로써 인간은 비로소 지식의 저장고가 아니라 지혜의 운용자로, 도덕 연구자가 아니라 도덕 실천가로, 민주주의를 주장하는 사람에서 일상적으로 민주를 실천할 수 있는 사람으로 거듭날 수 있습니다. 우리는 이 활동성을 회복해야 합니다. 인문학은 정물화가 아닙니다. 활동입니다.

그런데 왜 덕은 잘 발휘가 되지 않을까요? 방해꾼들 때문입니다. 다른 말로 표현하면, 왜 우리는 자기가 자기 주인이 되지 못할까요? 그것은 다른 것들이 주인 자리를 차지하고 있기 때문입니다. 즉 지식, 이념, 신념, 가치관, 믿음 체계 등등이

'나'를 내쫓고 주인 행세를 하는 것입니다. 이런 것들은 모두 언어적 표현으로 형식화됩니다. 언어화한 모든 것들이 덕을 어지럽힌다는 일갈은 일찍이 공자님도 하신 말씀입니다. "잘 꾸며진 말이 덕을 어지럽힌다!巧言亂德.『論語·衛靈公』" 지식이나 이념이 얼마나 '교묘한 방식'으로 다양하고 세세하고 분화되어 세력화하는지는 잘 아시지요? 일상생활에서도 분명하지만 종교나 학술 혹은 정치 영역에서 그 극단들을 볼 수 있습니다.

저는 왜 지금 이 '덕'의 문제를 이리저리 끌고 다니면서 장황하게 얘기할까요? 그것은 앞에서도 줄곧 이야기했듯이 독립적 주체가 되살아나야 한다는 것을 말하기 위해서입니다. 제 이야기의 일관된 주제이기도 합니다. 독립적 주체라야, 다시 말해 이념이나 지식에 제한되거나 매몰되지 않은 자기의 맨 얼굴로 우뚝 선 자라야 이 세계의 움직임을 그 움직임 그대로 받아들일 수 있기 때문입니다. 세계를 보고 싶은 대로 혹은 봐야 하는 대로 보지 않고, 보이는 대로 볼 수 있기 때문입니다.

이것이 바로 인문적 통찰의 한 모습입니다. 덕은 바로 화장기 거두고 남은 한 인간의 '맨 얼굴'입니다. 한 사람 삶의 격발 지점입니다. 모든 통찰과 결정이 매듭을 짓는 곳입니다. 인격적 성숙이 무르익는 장소입니다. 미학적 비약이 숨을 고르는 곳입니다. 덕의 작동으로 한 인간은 비로소 카리스마를 갖게 됩니다. 자기가 비로소 자기의 주인 자리를 차지하게 되는 것입니다. 다시 말하지만, 덕의 회복은 주체가 독립성을 회복하는 일입니다.

서양에서는 어떠할까요? 서양에서도 '덕'은 원래 '힘'과 관련되었습니다. 영어로 '덕'은 일반적으로 virtue로 번역되는데, 이 virtue라는 단어는 라틴어 virtus에서 왔습니다. 이탈리아 르네상스 초기 인문주의자였던 페트라르카Francesco Petrarca, 1304~1374나 살루타티Coluccio Salutati, 1331~1406가 그들의 정치사상을 펼치는 데 중심 사상으로 사용하던 Virutus Romana라는 개념을 보통 '로마의 힘'으로 번역하지요? 여기서도 virtus의 뜻은 역시 '힘'입니다.

또 이 virutus는 그리스 말인 아레테arete의 라틴어식 번역어인데, 아레테는 사물들이 자기에게 있는 특별한 기능을 잘 발휘하여 도달할 수 있는 아주 탁월한 상태를 의미합니다. 그래서 어떤 학자들은 아레테를 '덕'으로 번역하면 안 되고, '탁월성'으로 번역해야 한다는 말도 하지요. 일리 있습니다. 그런데 탁월성은 언제 실현됩니까? 적절한 어떤 '힘'이 움직여야만 실현됩니다. 제가 보기에 덕과 탁월성은 함께 연동되어 있어요. 힘을 발휘할 수 있는 덕 없이 탁월성은 예상할 수조차 없기 때문입니다. 그래서 덕의 의미를 단순하게 윤리적 의미에만 가두어서는 안 됩니다. 그런데, 사실 윤리적 실현도 결국은 어떤 힘 혹은 역량과 관련된 일 아니겠습니까? 윤리적 실현을 통해서만 그 윤리적 행위가 보장하는 탁월함에 도달할 수 있는 것이니까요.

하고 싶은 말을 안 할 수 있는 힘

　어느 모임에 갔었습니다. 어떤 사람을 성인聖人이라고 할 수 있을까? 어떤 사람을 인격적으로 훌륭한 사람이라고 할 수 있을까? 하는 이야기가 나왔어요. 어떤 분은 황진이 같은 미녀가 와도 마음이 동요하지 않는 서경덕 같은 사람이 인격적으로 성숙한 사람이라고 하더군요. 또 어떤 분은 뇌물을 줘도 받지 않는 사람이 인격적으로 성숙한 사람이라고 했습니다. 이것 말고도 다른 여러 의견들이 있었지요. 저는 뭐라고 했을 것 같습니까? 저는 '하고 싶은 말을 안 할 수 있는 사람'이 인격적으로 가장 성숙해 보인다고 했습니다. 이 정도가 되면 단순히 인격적으로 성숙한 사람이 아니라 거의 성인의 반열에 드는 사람이라고까지 했습니다.

생각해 보세요. 하고 싶은 말을 하지 않고 참을 수 있을까요? 거의 불가능합니다. 누구나 불가능하다는 것을 알 겁니다. 그리고 하고 싶은 말을 하지 않을 수 있어야 한다는 것 정도는 누구나 교양으로 알지요. 그러니까 말을 하면서 "꼭 너만 알고 있어라"한달지 "이거 말하면 안 되는데……"라는 말을 붙이는 거겠지요? 여러분, 제가 비밀을 하나 알려 드릴게요. "너만 알고 있어라"라고 주의를 당부하면서 하는 말은 세상 사람들이 반드시 다 알게 된다는 것입니다. '다른 사람들이 몰랐으면 좋겠다'는 생각이 든다면 말을 하지 않는 게 제일이에요. 어쨌든 하고 싶은 말을 안 할 수 있다면, 이건 대단한 내공이에요. 그래서 공자도 "여기저기서 들은 말을 이리저리 옮기는 행위"를 "덕을 버리는 꼴道聽而塗說, 德之棄也. 『論語·陽貨』"이라고 한 것이지요.

제가 즐겨 읽는 『도덕경』에 이런 말이 있어요.

아는 자는 말하지 않고,
말한 자는 알지 못한다.

知者不言, 言者不知.

　　　　　　　　　　　　　　　　—『도덕경』56장

진정한 앎에 도달한 사람은 자기가 아는 내용을 언어화하지 않는다는 말씀이죠. 언어화한다는 것은 명제화 혹은 체계화한다는 말이에요. 자꾸만 개념화시켜서 정의를 내린다는 얘기죠. 또한 노자는 개념화하고 정의 내리는 식에 익숙한 사람은 진정한 앎에 도달하지 못한 것이라고 생각했습니다. 노자가 보기에는 아마 이런 사람들이 덕이 없는 사람들이었을 거예요.

누군가 언어적 틀로 형식화한 이념이나 지식 체계를 신봉하는 태도를 가지고 있다고 합시다. 아마 그 사람은 이념이나 지식이 발휘하는 원심력을 감당하지 못할 겁니다. 그래서 항상 자기를 벗어나 '다른 곳'을 향해 발뒤꿈치를 들고 올라가려 하거나 자기 능력 이상으로 가랑이를 벌려서 큰 발걸음으로 걸으려 하겠죠.

그 '다른 곳'은 어디겠어요? 바로 보편적이랄지 객관적이랄지 하는 탈을 쓴 지식의 세계, 이념의 세계이지요. 이러면 어떻게 되겠어요? 자신의 중심성을 지탱하는 인격은 중후하고 찰진 토질을 지키지 못하게 될 게 분명합니다. 점점 푸석푸석해져 풀풀 표류하게 되겠지요. 인격이 이렇게 가벼워지면 해서는 안 될 말을 하지 않고 참을 수 있는 힘이 나오질 않아요. 지식이 가리키는 잘 닦인 길 대신에 아직 열리지 않은 미지의 길로 한 걸음 내딛으려는 힘이 나오지 않을 겁니다.

　이야기 하나 더 덧붙일게요. 아주 작은 마을 정도의 좁은 범위에서 인정받는 것으로 만족하면서 지도자인 척 그럴듯하게 행동하는 사람이 있습니다. 공자는 이런 사람을 덕을 해치는 도둑과 같다고 혹평합니다. 바로 공자가 말한 향원鄕原이지요. 향원은 원래 시골 작은 동네에서 인정받는 것으로 우쭐대며 행세하는 자란 뜻입니다. 자기가 처해 있는 좁은 범위의 영역이 이 세계의 전부인 줄 알고, 거기서 만들어지는 논리와 가치관으로 자기 삶이나 타인의 삶이나 또는 세계의 모든 일을 해석하는 사람이지요. 바로 지역이기주의나 집단이기주의가 싹트는 것도 바로 이런 향원들의 선동 때문일 것입니다. 향원과 같은 이런 사람도 덕을 망치는 사람입니다鄕原, 德之賊也.『論語·陽貨』. 좁다란 집단 내에서 형성된 단편적인 명성과 시각으로 자기를 자리매김합니다. 자신의 본마음을 가지고 자기를 인도하지 못하지요. 이런 사람에게는 순간적이고 속세적인 명성이 중요하지 인격적 깊이 따위는 안중에 없습니다.

　향원鄕原으로 사는 것도 덕을 잃었기 때문이지요. 향원이 되지 않으려면 덕이 있어야 합니다. 들은 말을 여기저기 옮기지 않을 내공도 '덕'을 회복해야만 비로소 갖춰질 수 있습니다. 지식과 이념의 원심력을 따라 자신을 벗어나서는 안 됩니다. 인격적 중후함을 갖추어야만 하는 것이죠. 여기가 바로 자기가 자기로 사는 터전입니다. 이 터전에서라야 상상력도 나오고 창의력도 숨을 쉽니다. 인문적 통찰이 작동하는 공간인 것입니다. 바로 덕입니다.

덕은 지식을 지혜로 넘겨주는 힘이지요. 경험을 행복과 자유의 영역으로 넘겨주기도 합니다. 게다가 인격적 기품까지 제공하지요. 이 인격적 기품과 지적인 성숙 그리고 인문적 통찰, 이것들은 모두 다 하나의 동력으로 움직인다는 것을 알아야 합니다. 자기가 정말 자기로 존재하는 힘, 바로 덕입니다.

멋진 뮤지컬 공연 한 편을 보았다고 생각해 보죠. 아주 율동적이고 활기차고 생명력이 충만한 공연을 보면, 어떤 삶의 의욕이 꿈틀댐을 느끼죠. 우리가 덕을 가지고 있다는 것은 바로 이처럼 생명력이 충만한 상태를 말합니다.

사실 덕은 이성보다는 욕망 쪽에 더 가까워요. 일반적으로 욕망이라 하면 부정되고 제어되어야 할 것으로 생각하는데, 저는 그렇게 보지 않습니다. 욕망을 느낄 때만 자기가 온전히 자기예요. 여러 명이 같이 있을 때 우리가, 즉 집단이 욕망을 느낍니까? 집단은 욕망을 느끼지 않지요. 욕망은 누가 느껴요? 내가 느끼는 겁니다. 욕망은 철저하게 개별적이고 사적인 것입니다. 집단을 지배하는 힘은 이성이고 체계예요. 그러니까 집단으로 있을 때, 자기가 집단 속에 용해되어 있을 때는 매우 이성적이에요.

하지만 혼자 있을 때는 다 짐승이지요. 혼자 있을 때 여러분이 이성의 지배를 받습니까? 혼자 있을 때는 다 감성적이죠. 혼자 있을 때는 이성적 체계를 지키려 하기보다는 체계와 동떨어진 생활을 즐기고 누리죠. 그렇지만 여러 명이 집단으로 있을 때는 어때요? 구체적인 생활을 제어하고 자기를 억제합니다. 예컨대, 여러 사람들 속에 있을 때 하품하고 싶으면 여러분은 어떻게 하십니까? 죽어라 참죠? 혼자 있을 때는 어떠십니까? 늘어지게 하잖아요. 그렇다면, 하품할 때 자기가 진짜 자기예요? 하품을 죽어라 참는 게 자기예요? 제 말은 하품하는 순간에 드러나는 자기를 정면으로 응시하고 찾아보자는 것입니다. 오히려 거기에 자기가 있다는 겁니다. 하품을 참느냐 아니면 늘어지게 한 판 하느냐 하는 것은 그 다음의 문제입니다.

제가 여러분에게 덕을 강조해서 이야기하는 이유가 있습니다. 이성이 지배하는 집단 속에 매몰되어 있는 자기를 구해 내라 하는 겁니다. 집단 속에 용해되어 흔적이 사라지고 있는 고유한 자기로서의 자기를 구하라는 것입니다. '우리'는 '나'를 가두는 우리입니다. 우리에 갇힌 나를 살려 내라는 것입니다.

나, 덕 그리고 욕망은 모두 한 식구입니다.

일에 지친 사람들이 가끔 이런 말을 합니다. "휴대전화도 끄고 텔레비전도 안 보면서 어디 가서 혼자 사흘만 있어 보면 좋겠다." 여러분들도 이런 생각, 해보셨죠?

그런데요, 혼자서 편안한 상태로 사흘을 보낸다? 그게 과연 말처럼 쉬울까요? 편안히 하루를 보낼 수 있는 사람, 엄청난 수양이 된 사람이에요. 쉽게 생각할 문제가 아니에요. 여러분은 온종일을 편안히, 혼자서 보낼 수 있습니까? 매일 시간에 쫓겨 산다고 투덜대지만, 막상 나에게 사흘의 시간이 뚝 하고 떨어질 때, 아무런 마음의 혼란 없이, 외롭지 않게 그 하루를 오롯이 보낼 수 있는 사람이 몇이나 될까요?

혼자서 사흘 정도를 마음의 동요 없이 보낼 수 있는 사람은 독립적 자아가 준비된 사람이에요. 혼자 있어 보고 싶다고요? 혼자 있기 어렵습니다. 혼자 한번 조용히 생각하는 시간을 가지고 싶다고요? 혼자 조용히 생각하는 시간을 갖는다는 것, 쉽지 않을 겁니다. 주변 조건이 안 좋다는 게 아니라, 바로 자기 자신이 잘 감당을 못할 거예요.

자기가 독립적 자아로 성숙되어 있지 않은 사람은 혼자 있는 것을 버거워할 수밖에 없습니다. 왜? 자기가 사실은 자기에게 갖추어져 있는 어떤 틀에 의해 지배받고 있기 때문입니다.

그런데 그 틀이라는 것은 이념적인 성격을 가질 것이고 집단적으로 공유되는 것일 가능성이 크지요. 그래서 자기가 관계 속으로 스며들지 않으면 편안함을 느낄 수 없는 구조가 자기한테 있어요. 집단 속에 용해된 자아가 더 편안해져 버린 것입니다.

사람들이 여행할 때 어떤 모습들인지 한번 생각해 봅시다. 선진국 사람들의 여행 풍경을 보면 우리하고 많이 달라요. 여러 명이 함께하는 여행에서도 모두 각자가 조용히 책을 읽거나 차를 마시는 장면을 쉽게 볼 수 있습니다. 물론 같이 온 사람들끼리 놀거나 얘기하거나 술을 마시거나 하는 시간이 없다는 게 아닙니다. 그런 과정에서도 각자 혼자만의 시간을 갖는 것이 매우 자연스럽다는 얘기예요. 심지어 다정한 연인끼리 와서도 각자 놀거나 책 읽는 시간을 따로 갖더라고요. 우리는 어떤가요? 함께 여행하는 사람들은 모두 같은 일을 함께해야만 합니다. 함께 게임을 하고 모두 함께 술을 마시고 하는 것처럼 말이지요. 행동을 통일하지 않는 일이 허용되지 않아요. 우리나라 여행단 풍경 속에서 혼자 조용히 독서하는 모습을 발견하기란 쉽지 않습니다. 오해하지 마세요. 저는 여기서 어느 모습은 좋고 어느 모습은 나쁘다는 이야기를 하려는 게 아닙니다. 우리의 모습이 더 친밀하고 끈끈할 수 있지요. 하지만 저에게는 우리의 여행 모습이 어쩐지 아직 독립적인 주체의식이 약한 것으로 보이는 것을 피할 수 없군요. 집단을 이겨낼 수 있는 독립성이 부족하게 보이는 것은 사실입니다. 자기 욕망이 집단의 체계를 뚫고 나오지 못하는 것이지요. 집단이 '나'들을 수용하여 소화해 버리면 안 됩니다. '나'들의 자발적 총화로 집단이란 것은 이루어질 수 있을 뿐입니다.

우리가 독립적 자아로 재무장하지 않고, 독립적 자아로 새로워지지 않고 창의적인 생각이 가능하겠습니까? 상상력이 가능하겠어요? 인격적 기품, 학문적 성숙, 창의적 상상력, 이런 것들은 기본적으로 독립적 주체력의 파생 상품들입니다.

선진국 서양 사람들을 만났을 때의 경험을 하나 더 이야기해 보겠습니다. 서양을 선진국으로 놓고 계속 이야기하니 자존심 상한다는 분이 계실지도 모르겠습니다. 죄송합니다. 어쨌든 저는 아직까지는 미국이나 유럽의 몇몇 국가들을 한국보다는 더 선진적인 나라라고 생각합니다. 그들의 창의성과 상상력이 우리를 압도하기 때문입니다. 그들은 '장르'를 만들고, 우리는 그 장르를 채우거나 수행하는 역할을 하기 때문입니다.

저는 직업이 교수이니까 외국 사람을 만나더라도 대개는 학술회의에 참석해서 만나는 경우가 많습니다. 학술회의에 가서 미국이나 유럽 학자들을 만나면 그때 논의되는 학문 분야에 대해서 이야기를 나누는데요, 대개는 '왜 그 주제를 연구하는 가'를 서로 물어보면서 말문을 엽니다. 제가 유심히 관찰해 보니, "왜 그 주제를 연구합니까?"라는 질문을 받으면 한국이나 동양의 학자들은 이유를 매우 거창하고 장황하게 설명합니다. 자기가 한 연구 주제를 한국의 상황이나 동아시아의 상황, 심지어는 인류 전체의 상황에까지 관련시켜서 의미화하고 설명을 합니다.

그런데 서양 학자들에게 "당신은 왜 이 공부를 합니까?" 하고 물으면 묻는 사람이 머쓱할 정도로 간단한 답이 돌아오는 경우가 많습니다. 대답의 길이도 매우 짧습니다.

"Because I like It."

그 사람들은 "나는 그것을 좋아하기 때문이죠"라고 단순하고 명쾌하게 대답합니다. 거창하지 않아서 별 의미 없어 보이지만, 저는 이 대답에서 중요한 힌트를 얻습니다. 왜 그 사람들이 우리보다 더 창의적인가? 왜 그 사람들의 사회가 우리 사회보다 부패지수가 더 낮은가? 왜 그 사람들은 우리보다 더 행복한가? 제가 보기에 이유는 바로 "Because I like it!"이라는 대답 습관에 있는 것 같습니다. 단지 그걸 좋아하니까 한다는 거예요. 이런 사람들은 자기 욕망에 기초해서 자기 행위를 결정해요. 그렇기 때문에 이 일을 자기가 할 수 있어요. 어떤 일을 신념이나 이념의 지배를 받아서 하지 않아요. 그러니까 '자기'가 하는 것이지요. 왜? 욕망은 바로 자기니까. 욕망만이 자기 자신입니다. 욕망에서 출발한 일만 잘할 수 있어요. 자기가 하니까 독특하게 할 수 있어요. 그러니까 창의적 결과가 나오는 거예요. 자기 욕망이 실현되니까 행복할 수밖에요. 자기가 움직이므로 자신에 대한 존엄을 매우 중시하지요. 그래서 존엄한 자기를 함부로 부정부패 속에 던져 버리지 않습니다. 부패에 저항할 수 있는 힘이 있으니까요. 그 힘이 무엇이라고요? 그렇습니다. 덕이 있는 거예요.

멘토를 죽여라

자, 여기서 여러분에게 한번 질문을 던져 보겠습니다.

　당신은 지금 무엇을 욕망합니까?

이 질문에 쉽게 대답할 수 있습니까?
질문을 좀 더 쉽게 바꾸어 보지요.

　당신이 정말 원하는 것은 무엇입니까?

저는 학생들에게 이렇게 이야기합니다. "자기가 원하는 것을 하라. 그래야 오래 할 수 있고, 오래 해야 잘할 수 있으며, 잘할 수 있어야 행복하다." 그러면 학생들이 되묻습니다. "원하는 걸 하면 잘할 수 있고, 잘해야 창의적일 수 있다고 생각합니다. 선생님 의견에 동의합니다. 그런데 저는 지금 제가 무엇을 원하는지 모르겠습니다." 솔직한 이야기입니다. 하지만 슬픈 이야기이기도 합니다. 우리 젊은이들이 자기가 무엇을 원하는지도 모르게 되었다면, 우리는 젊은이들을 배양한 것이 아니라 거세시킨 것이 분명합니다.

자기가 무엇을 원하는지를 모르는 사람, 원하는 것이 없는 사람, 이를 진정한 사람이라고 할 수 있을까요? 살 속에 잠복해 있는 혈관 사이로 뜨듯한 피가 흐르는 사람일 수가 있을까요? 창백한 이론과 관념의 세계에다 자기를 아무 생각 없이 내동댕이쳐 버리지 않고서야 어떻게 이 지경이 될 수 있습니까? 모든 것은 욕망 다음의 일입니다. 욕망이 없다는 것은 자기가 자기로 존재하고 있지 않다는 것입니다. 자기에게 생래적으로 있던 모든 활동성이 제거된 후, 움직임이 없는 정물화로 있다는 뜻입니다. 욕망이 없는 사람은 호기심도 없고 관심도 없으니 어떤 문제의식도 있을 수 없습니다. 살아 있으되 사람이 아니지요.

기말고사 때 학생들한테 이런 시험문제를 내곤 합니다. "한 학기 동안 배운 내용을 근거로 문제도 당신이 내고 답도 당신이 쓰시오(단, 어떤 개념을 설명하거나 논술하라고 하는 것은 문제가 아님. 문제에는 구체적인 내용이나 사건이 포함되어야 함)." 각자 자신만의 문제의식을 개입시켜서 문제를 내고 답도 쓰라는 문제이지요. 처음에는 다들 신나고 좋아합니다. 자기가 아는 범위 안에서 대충 문제 내고 답을 적으면 될 것 같으니까요. 하지만 과연 그럴까요? 이리저리 머리를 굴려 보지만, 손끝에서 펜을 타고 자연스레 흘러내리는 '무엇'이 좀처럼 나타나지 않습니다. 처음에는 희희낙락하던 학생들 가운데서 5분이 채 지나기도 전에 한숨이 나오기 시작합니다.

답이 어려워서가 아니라 문제를 출제하기 어려워서입니다. 한 학기 동안 수업을 하면서도 그냥 앉아서 지식을 흡수하는 데에만 집중했기 때문이겠지요? 문제의식이 생기지 않았다는 것입니다. 어떤 문제의식도 없었다는 건 뭐냐? 어떤 호기심도 없었다는 거예요. 어떤 호기심도 없었다는 건 또 뭐냐? 어떤 욕망도 없었다는 거예요. 어떤 욕망도 없었다는 건 뭐냐? 한 학기 내내 수업시간에 그 클래스를 채우는 한 사람의 학생으로서만 앉아 있었을 뿐 자기로 앉아 있지 않았다는 거예요. 50~60명 가운데 최소한 두 장 내지 세 장의 백지가 나옵니다. 문제를 못 냈으니 당연히 답도 쓸 수 없는 것이죠. 이 백지 답안은 사실 답을 몰라서 내는 백지 답안이 아니라 문제를 몰라서 내는 백지 답안이지요. 제 학생들은 한국 사회에서는 굉장히 우수한 그룹에 속하는 학생들이에요. 제 학생들이 영리하지 않거나 공부를 못해서 그런 게 아니에요. 이건 아마 대부분의 한국 학생들이 가지는 불편한 진실일 겁니다. 답은 잘 쓸 수 있는데, 문제를 제기하지 못하는 이 불편함 말입니다. 'finding answer'는 할 수 있지만, 'solving problem' 능력은 없다는 말도 되겠지요?

대학원 학생들을 지도하면서 겪은 에피소드 하나 말씀드리죠. 대학원에 들어오면 졸업 논문을 쓰는 데에 모든 노력을 집중합니다. 사실 대학원 생활이란 것이 논문 주제 정하면 거의 60~70퍼센트는 완성된 것이나 마찬가지이거든요. 논문 주제 정하는 것이 그렇게 어려운 일입니다. 그래서 학생들은 대학원에 들어오자마자 지도교수와 함께 논문 주제를 일찍 정하려고 애를 씁니다. 대개는 지도교수가 학생들의 의견을 듣고 이러저러한 주제를 쓰면 좋겠다고 정해 줍니다. 하지만 저는 그렇게 하지 않아요. 학생 스스로 모든 것을 정하게 합니다. 학생들을 방목하는 셈이지요. 다른 지도교수를 가진 자기 친구들은 이미 논문 주제를 정한 것을 보고, 내 학생 가운데 한 명이 다급해져서 허둥지둥 저를 찾아옵니다.

학생 선생님, 저는 무슨 주제로 논문을 쓸까요?

나 자네가 할 일을 왜 나에게 묻는가?

학생 (잠시 어리둥절)

나 자네가 쓰고 싶은 주제를 정해 오면, 나는 잘 쓰도록 도와주는 역할을 할 뿐이라네. 돌아가서 논문 주제를 정해 오시게.

이렇게 해서 돌아간 학생이 한 학기가 다 지나서 다시 저를 찾아옵니다.

학생 선생님, 한 학기 내내 생각했는데, 아직 주제를 정하지 못하겠습니다.

나 참 큰일이구만.

학생 선생님께서 정해 주시면 안 될까요?

나 다시 말하지만, 그것은 자네가 할 일이네. 나는 자네가 주제를 정해 오면 그저 도와줄 수 있을 뿐이네.

학생 ⋯⋯.

나 ⋯⋯.

학생 선생님, 저는 선생님께서 주제를 정해 주시면 무엇이든지 잘 쓸 수 있을 것 같습니다.

나 그런 사람이 왜 주제를 정하지 못하지?

학생 주제를 정하지는 못하겠습니다. 제가 무엇을 쓰고 싶은지 잘 모르겠습니다.

이런 대화를 나누고 나면 저는 깊은 고민에 빠집니다. 차라리 내가 논문 주제를 정해 주는 것이 낫지 않을까? 아니면 시간이 좀 걸리더라도 학생을 더 단단하게 하는 교육 방법을 쓸까? 저는 후자를 선택합니다. 학생에게 문제의식이 없음을 지적하고, 문제가 자신에게 드러날 때까지 차라리 자퇴를 하는 게 어떤지 권하기까지 합니다. 자신이 무엇을 쓰고 싶은지, 무엇을 쓸 수 있는지를 모른다, 이는 매우 슬픈 이야기입니다. 하지만 흔히 있는 일입니다.

우리는 인정하지 않을 수 없습니다. 오늘날 학생들(더 넓게는 한국인들)은 시키는 일은 잘하지만, 자기 스스로 일을 만들어서 하는 데는 너무나 미숙하다는 것을. 정해진 주제는 잘 처리하지만, 주제 자체를 창조하는 일에는 미숙하다는 것을. 정해진 프레임을 지키는 일은 잘하지만, 프레임 자체를 생산하는 일에는 미숙하다는 것을. 그리고 이것들이 현재의 대한민국(교육) 현실에서는 아주 특별한 일이 아니란 것을 말입니다.

교육 현장에서 왜 이런 일이 일어날까요? 왜 문제의식이 없을까요? 왜 자신만의 주제가 발굴되지 못할까요? 저는 이런 일들이 자기 자신의 욕망이 거세되어서 나타난 현상이라고 봅니다. '덕'의 상태를 기반으로 하여 살고 있지 않은 거지요. 자기가 자기의 삶을 주도하고 있지 못한 결과입니다. 이렇게 되면 스스로 알아서 할 수 없는 인간으로 쇠락할 수밖에 없습니다.

모두들 창의적인 논문을 원합니다. 창의적인 제품을 기대합니다. 창의적이기 위해서는 일단 상상력이 자유롭게 발휘되어야 하겠지요? 그런데 상상력 발동의 핵심 요인이 무엇입니까? 욕망입니다. 자신을 자신이게 하는 욕망이 움직여야 가능합니다. 관심과 호기심이 먼저 일어나야 하니까요. 당신이 당신으로 존재하는가? 당신이 욕망의 존재로 존재하는가? 당신이 덕을 가진 존재로 존재하는가? 이 문제에 직결되어 있는 질문들입니다.

한편, 오늘날 우리 사회는 멘토 열풍이에요. 롤 모델이라고도 하더군요. 아무튼 멘토 대홍수예요. 여기저기서 너도나도 멘토를 찾습니다. 그래서 멘토라는 말에도 익숙해졌고, 멘티라는 말도 그다지 낯설지 않지요.

유명 CEO의 멘토는 누구이고, 모 정치인의 멘토는 또 누구더라 하는 이야기에 귀 기울지 마세요. 문제를 못 내는 나에게, 자기 문제의식이 없는 나에게, 즉 자기를 믿지 않는 나에게 멘토란 장식에 불과해요.

　누구도 나의 멘토일 수는 없어요. 옛사람들이 스승을 만나면 스승을 죽이라고 했듯이, 멘토는 죽이세요. 결국 진짜 멘토는 내 안에 있는 나일 수밖에 없어요. 욕망으로 존재하는 내가 나의 진짜 멘토란 말입니다. 멘토는 답을 줄 수가 없습니다. 멘토에게서 답을 구하는 것처럼 부질없는 일이 없습니다. 멘토는 당신의 욕망을 자극해 주는 보조적인 역할을 하는 것에 제한되어야 합니다. 당신의 주인은 바로 당신일 수밖에 없어요. 당신의 주인 자리를 멘토 아니라 멘토 할아버지에게도 양보하지 마십시오.

　멘토에게서 답을 구하는 건 지도교수에게 논문 주제를 정해 달라고 하는 것과 같은 일이에요. 멘토에게 답을 구하는 것이 습관이 되면 인생에서 문제를 출제하지 못하고 백지 답안을 제출할 수밖에 없을 거예요. 과감히 자신의 욕망으로 돌아가세요.

　이런 말을 들려 드리고 싶네요. 윤종용 전 삼성전자 부회장은 2011년 10월 26일 광주 광산문화회관에서 열린 제1회 '열정樂서' 토크 콘서트에서 "멘토에 의존하지 마라. 자신의 삶은 스스로 고민하고 개척할 때 완성된다"고 말합니다. 그리고 "요즘 젊은이들은 미래에 대해 많은 걱정과 고민을 안고 있고 멘토링을 통해 조언을 구하길 원한다. 멘토링을 통해 지혜를 얻는 것도 매우 중요하지만 멘토의 조언에 지나치게 의존하기보다는 이를 바탕으로 스스로 고민하고 자신의 삶을 개척해 가길 바란다"라는 말도 덧붙였어요. 이 몇 마디를 듣고 왜 그가 세계적인 CEO로 꼽히는지 그 이유를 알 것 같았습니다.

멘토에 의존할 필요 없습니다. 부모님 말씀에 의존할 필요도 없습니다. 자기가 모시는 스승의 말씀에도 의존할 필요가 없습니다. 오직 자기 자신을 자기의 주인으로 알고 자기 스스로 독립적 주체가 되어 이 세상과 정면으로 맞서야 합니다. 여기서 상상력도 나오고 창의성도 나오며 행복도 나오고 윤리도 나오고 사랑도 나옵니다. 멘토의 말에 의존하는 사랑은 사랑이 아닙니다. 사랑을 학습하는 것일 뿐입니다. 멘토가 제시하는 길을 따라가다 만나는 행복은 행복이 아닙니다. 행복을 학습하고 있을 뿐입니다. 멘토가 주인이고 자기가 주인이 아닌데 여기서 무슨 행복이 나오고 사랑이 나오겠습니까? 자기 멋대로 해야 합니다.

구체적 일상 속으로 걸어 들어가라

조선 시대를 거쳐 오늘날까지 한국 사회를 지배해 온 큰 명제가 하나 있습니다. '존천리멸인욕存天理滅人欲', 즉 하늘의 이치를 지키고 인간의 욕망을 없애라는 말입니다. 여기서 천리가 뭡니까? 하늘의 이치죠. 이 세계의 보편적인 원리입니다. 전체 세계의 이치를 따라라, 그 세계 이치에 맞지 않는 자기 생각이나 자기 욕망이 드러나지 않도록 하라는 거죠. 그러니까 보편적 이념을 살리고 개인적인 욕망을 제거하라는 겁니다. 집단이 개인보다 중요하다는 것이고, 이성이 욕망보다 중요하다는 것이며, 보편성이 개별성 우위에 있어야 한다는 것 아니겠어요?

이런 시스템 속에서 개인은 항상 부족하거나 결함이 있는 존재로 인식될 수밖에 없습니다. 심지어 죄받은 존재이지요. 추상적인 원리의 세계는 관념의 세계이자 완벽하다고 하는 세계입니다. 천리라고 하는 보편적 이념에 자기를 견주어 볼 때 제대로 된 인간이 어디에 있겠습니까? 이제 '존천리멸인욕存天理滅人欲'의 엄숙함을 버리고, '존인욕멸천리存人欲滅天理'의 경쾌함으로 나아가야 합니다. 인간의 욕망을 지키고 보편적 원리를 버려야 합니다.

　현실 세계에서 그려지는 직선은 기하학에 나오는 직선을 절대 구현할 수가 없습니다. 기하학 이론에 존재하는 원이 현실 세계에 존재하는 것은 불가능하지요. 원리가 실재일까요? 원리를 구성하는 구성물들이 실재일까요? 그런데 왜 관념적으로 조작된 세계에 우리를 맞추어야 하지요? 진짜 존재하는 것은 개별적 존재들입니다. 완벽을 생각할 수 있어서 완벽의 세계를 만든 다음에, 그걸 가지고 변화무쌍한 구체적 세계를 지배하려고 하면 안 되지요. 또 완벽의 세계와 비교해 스스로를 결함 있는 존재로 간주하고 기꺼이 그 지배를 받아들이려고 하면 안 됩니다.

　'안정'이나 '완벽'은 죽음의 세계예요. 오히려 '불안'이 세계의 진상입니다. 죽어 있는 것은 안정을 유지하고, 살아 있는 것은 불안정합니다. 죽은 것은 가만히 있고, 산 것은 움직이지 않습니까? 불안을 피해 안정으로 나아가려는 꿈, 가능할까요? 불완전을 피해 완전이나 완벽에 도달하려는 꿈, 이루어질까요? 가능하지도 않고 이루어지지도 않습니다. 왜냐하면 그런 것은 없는 일이니까요. 불안과 불완전을 감당하고 가볍게 다루는 힘을 갖는 것이 맞습니다. 불안과 부정형성이 이 세계의 진상이고, 그것이 이치임을 알아야 합니다. 그래서 진실은 이념의 세계에 있지 않고, 일상에 있습니다. 저곳에 있지 않고, 이곳에 있습니다. 미래의 어느 곳에 있지 않고, 바로 지금 여기에 있습니다.

보편적 이념이 지배하는 사회에서 개인은 모두 다 죄인일 수밖에 없어요. 그 보편적 이념과 일치하기 전에는 죄다 부족하고 모자란 인간들이지요. 그런데 보편적 이념과 일치하는 일이 가능하기나 할까요? 불안을 감당하며 살고 있는 구체적 개별자들이 진짜라니까요! 오히려 완벽하다고 하는 원리가 가상이지요. 이념이 가상입니다. 어떤 개별적 존재도 불안한 것일 수는 있지만 부족하거나 결함이 있는 것은 아닙니다.

불안정? 이는 살아 있다는 뜻입니다. 여러분 누구도 결함이 있거나 부족하거나 죄인일 수 없습니다. 자기가 생명력이 넘치는 자족적 존재임을 스스로 확인해야 합니다. 여기서 자신에 대한 신뢰가 싹틉니다. 자신을 사랑할 수 있습니다. 자신의 생명력을 확신할 수 있습니다. 비로소 행복해집니다. 자신에 대한 무한 신뢰! 자신에 대한 무한 사랑! 짧은 인생이 무한으로 팽창하는 첫 출발입니다. 보편적 이념의 세계가 아니라 구체적 개별자들이 아웅다웅 살고 있는 일상이 바로 실재하는 터전입니다. 우리의 모든 아름다운 이야기는 오로지 진짜 존재하는 이 일상의 세계에서만 피어나고 새겨질 수 있습니다.

'보편'이 특권을 유지하던 근대 사회에서 가정주부들이 왜 그렇게 무시를 당했나요? 가정일이 가치를 부여받지 못했기 때문이죠. 밥하고 빨래하고 청소하는 등의 집안일 따위는 별거 아니라는 거예요. 그럼, 가정일 말고 가치 있는 진짜 일은 무엇이냐? 보편적이고 추상적인 이념이 제일이었어요. 이렇게 되면 구체적 일상에서 벌어지는 일 따위는 그저 하찮은 것들로 치부될 수밖에 없어요. 그 하찮은 일들로 이루어진 것이 가사노동 아니겠습니까? 긴 세월 동안 일상이라는 것은 형편 없는 인간들이 하는 것이었어요. 그 형편없는 인간들이 차지하는 대부분의 그룹이 누구입니까? 여성이었습니다. 왜 일상이 가치를 부여받지 못하는가? 천리에 비춰 봤을 때 일상이 무슨 의미가 있겠어요.

그런데 세상은 이런 하찮게 보이는 일들로 구성되어 있습니다. 하찮은 일들 말고 다른 일들이 따로 존재하지 않아요. 사람이 감당하고 사는 일들이라는 것들이 사실은 마치 이삿짐 같은 것들이지요. 아무리 좋은 살림도 이삿짐으로 꾸려서 골목에 내놓으면 초라해 보이기 마련이에요. 이삿짐 같은 구체적 일상을 무시하지 마세요. 우리의 삶은 사실 그런 것들로 이루어져 있습니다. 이런 잡다한 일들을 처리하는 것이 인생이에요. 고상함이나 아름다움 혹은 이상적인 일들도 이런 잡다한 일들 사이에 존재합니다. 훌륭하다고 숭앙받던 사람들이 어디서 무너집니까? 바로 일상에서 무너집니다. 그래서 가장 훌륭한 인간은 구체적 일상을 같이 영위하는 가족으로부터 인정받는 사람일 것입니다. 인간 성숙의 척도는 높고 크고 거대한 곳에서 확인되지 않습니다. 사실은 일상에서 확인되는 것이 더 치명적이죠.

어떤 사람이 국제기구에서 하는 봉사 활동에 참여합니다. 빈민들을 목욕시키고, 집안 청소도 도와줍니다. 불쌍하다고 눈물도 흘립니다. 몇 달간이나 그 어려운 봉사를 합니다. 이건 그런대로 할 만합니다. 하지만 중풍으로 몸져누운 시어머니나 장모님의 대소변을 받아 내는 일은 못합니다. 사회 민주화를 위해서는 목숨 걸고 투쟁할 수 있지만, 가정에서의 민주화는 참 어렵습니다. 인간은 대개 일상에서 좌절합니다. 행복도 일상에 있습니다.

구체적 일상의 힘과 가치를 무시하고, 거대하고 보편적인 이념의 가치에 매몰되어 있는 구조 속에서는 쉽게 독재의 틀이 형성됩니다. 왜? 행복을 거대 이념이 책임지려 하기 때문입니다. 행복을 이념적으로 정해 놓고, 그 이념적인 행복을 추구하게 만드니까요. 즉 백성들이 행복하게 살 수 있는 나라를 만들어 놓고, 백성들을 그 속에 집어넣으려고 하는 것입니다. 이것이 독재 아니겠어요?

정상적인 나라는 행복한 국가에서 백성들의 행복한 삶이 실현되는 것이 아니라, 행복한 백성들이 모여서 행복한 국가로 드러나는 것일 뿐입니다. 정상적인 나라는 행복한 개인들이 모여 있는 나라예요. 행복한 개인들의 집단이 나라를 만든 것이 행복한 나라예요. 거듭 강조하건대, 개인들이 행복하면서 그것이 나라를 이루는 사회가 진정으로 행복한 나라입니다.

행복은 자기가 살아 있다는 느낌을 받는 것과 일치합니다. 자기가 사는 공간은 일상의 구체적 터전이지요. 이 일상의 터전에서 삶의 역동성이 발휘된다는 것은 '덕'이 소외되어 있지 않다는 거예요. 이념에 주도권을 넘기지 않은 것이지요. 이념과 신념과 가치관을 그대로 추종하지 않고, 오히려 저항하면서 자기 욕망을 정면으로 대면하지요. 욕망은 우리한테 있습니까? 나한테 있습니까? 나한테 있지요. 내가 사는 것은 일상인가요? 아니면 이념인가요? 일상이지요. 우리가 우리를 지키는 힘이 발휘 되는 공간은, 사실은 보편적 이념의 세계가 아니라 구체적 일상의 세계예요. 자기가 자기로 존재할 때 자기 눈에 자기의 일상이 보이기 시작합니다. 이 일상이 보이기 시작할 때, 세계가 보이기 시작하고, 거기서 문제가 보이기 시작하는 거예요. 결국 진실한 태도로 자기를 만나게 됩니다.

인문적 덕성이 있는 사람은 현실 속에서 문제를 발견합니다. 인문적 덕성이 있는 사람은 구체적 세계 속으로 뚜벅뚜벅 걸어 들어가요. 자기가 가지고 있는 생각과 이념을 사유의 원천으로 삼지 않고 구체적 세계를 사유의 원천으로 삼는다는 거예요.

진리가 무엇이냐고? 그릇이나 씻어라

다음과 같은 선사들의 이야기가 전해 오고 있습니다. 같이 한번 음미해 볼까요? 진적선사眞寂禪師가 처음으로 방장이 되었을 때, 어느 선사가 묻습니다.

"제가 듣건대, 석가모니께서 설법을 시작하셨을 때는 황금빛 연못이 땅에서 솟아나왔다고 합니다. 오늘 스님께서 취임하시는 마당에 무슨 상서로운 조짐을 기대할 수 있습니까?"

진적선사가 답합니다.

"문 앞의 눈을 쓸었네."

방장 취임하는 날 아침에, 황금빛 연못이 땅에서 솟아나는 정도의 신기한 이적을 도모하지 않고 차라리 문 앞의 눈을 쓰는 일상의 잡다한 일을 합니다. 종교적 진실은 교리나 기적에 있지 않고, 구체적 세계에서 일어나는 일상의 잡다한 일 속에 있다는 것을 잘 보여주고 있습니다. 진리는 이 세상을 벗어나 있지 않아요. 진리의 세계를 따로 구축하고 추종하지 말라는 뜻일 테지요. 불교에서 '상相'을 짓지 말라는 말도 관념의 세계를 따로 구축하지 말라는 말이지요. 무소유無所有도 세계를 관념화하여 붙잡지 말라는 뜻입니다. 왜 그럴까요? 관념의 세계는 진리처가 아니기 때문입니다. 진리는 '저기' 있지 않습니다. 바로 '여기'에 있습니다.

중국 위앙종僞仰宗의 창시자인 위산선사僞山禪師와 앙산선사仰山禪師가 나눈 대화도 유명합니다. 제자인 앙산이 하안거를 끝내고 스승인 위산을 찾아가서 나눈 대화입니다.

위산 여름 내내 무엇을 했느냐?
앙산 땅을 갈아서 수수를 뿌렸습니다.
위산 음, 여름을 헛되이 보내지는 않았구나.

앙산 여름 내내 무엇을 하셨습니까?

위산 아침에는 죽을 먹고 낮에는 밥을 먹었다.

앙산 여름을 헛되이 보내지는 않으셨군요.

진리처를 찾는 고승들의 여정이 밭 갈고 밥 먹는 일상으로 내려와 있습니다. 진리가 이 세상을 초월하여 저 멀리 존재하지 않음을 깨달은 것이지요. 바로 여기가 사유와 수행의 터전임을 안 것입니다.

중국에 조주선사趙州禪師라는 고승이 있었습니다. 조주선사한테 어떤 스님이 찾아와 물었습니다.

스님 진리를 가르쳐 주십시오.

조주선사 밥은 먹었느냐?

스님 예, 밥은 먹었습니다.

조주선사 그럼, 그릇이나 씻어라.

우리가 진리라고 하면, 구체적인 세계를 넘어서서 어떤 무엇인가로 따로 있다고 생각하기 쉽지요. 진리는 어쩐지 변화무상한 구체성과는 다른 어떤 것 같습니다. 초월적이고 관념적인 어떤 형상을 생각하지요. 하지만 그런 것은 조작된 것입니다. 가공물이고 인공물이지요. 이 세계에 존재하는 건 구체적인 실재의 세계뿐이에요. 깨달음에 이른 선사들은 그걸 다 알지요. 진리는 어디에 있느냐? 이렇게 밥 먹고 설거지하는 데 있다는 겁니다. 밥이나 설거지가 함축하는 의미가 뭐겠어요? 바로 구체적인 세계예요. 이 세상의 진리라고 하는 것들은 세상 속에 있다, 성인이라는 것은 세상 속에 섞여서 문제를 보고 세상 속에서 자기를 실현하는 사람이라는 말입니다.

곧 구체적 세계 속으로 돌아오라는 가르침입니다. 추상과 관념의 세계에 젖어 있다가, 구체적 세계로 시선을 돌리는 일은 쉽지 않습니다. 일상이 하찮게 보이지 않고, 진리의 주재처로 보이도록 자신을 갈고 닦을 일입니다.

이제 선시禪詩의 품격이 느껴지는 시 한 편 읽어 봅시다. 잘 이해되실 겁니다. 작자는 미상입니다.

하루 종일 봄 찾아 허둥댔으나 보지 못했네.
짚신이 닳도록 먼 산 구름 덮인 곳까지 헤맸네.
지쳐 돌아오니 창 앞 매화 향기 미소가 가득
봄은 벌써 그 가지에 매달려 있었네.
終日尋春不見春 芒鞋遍踏籠頭雲

歸來笑撚梅花臭 春在枝頭已十分

동사 속에서 세계와 호흡하라

법정 스님은 우리에게 『무소유』라는 책을 남기고 가셨습니다. '무소유'라는 말은 무슨 뜻일까요? 아무것도 갖지 마라, 부자가 되지 마라, 가지고 있는 돈도 다 내놔라, 차라리 가난하게 살아라, 그래야 더 행복할 수 있다, 뭐 이런 뜻이었을까요? 그런 말씀이 아니죠. 돈도 많이 가지고 부자도 되십시오. 여기서 무소유라는 것은 세계를 소유적 상태로 갖지 말라는 뜻입니다. 우리에게 익숙한 에리히 프롬Erich Fromm의 『소유냐 존재냐』라는 책 제목을 원용한다면, 세계에 존재적 태도로 임하라는 뜻입니다. 소유적 상태라는 것은 뭡니까? 어떤 것을 개념화해서 그것을 자기의 관념 세계로 가두는 것입니다. 대상화해 버리는 것이지요.

아침 출근길에 버스 정류장에 서 있는 버스를 타려고 죽어라 뛰어가 본 일이 많이들 있을 겁니다. 그런데 타려고 하자마자 버스는 떠나 버립니다. 그때 속으로 생각하지요. "좀 더 빨리 나올걸." 그 버스를 자기가 타야 할 버스로, 즉 정해진 것으로 생각하고 그런 말을 하는 것이겠죠? 하지만 그렇지 않을 수도 있지요. 자기가 너무 빨리 나온 것일 수도 있지 않겠습니까? 그 버스를 자기의 상황이나 의지에 맞게 해석해 버리는 일, 소유적 태도입니다. 자기 의지의 개입 없이 그냥 그 버스 자체로 놔두고 받아들이는 일, 존재적 태도입니다. 세계를 자기의 관념 세계로 끌고 들어와 고정시키는 일, 소유적 태도입니다. 자기의 관념 세계에 제한하여 고정시키지 않고 세계를 세계 그대로 놓고 보는 일, 존재적 태도입니다. 에리히 프롬의 『소유냐 존재냐』의 영어 표기가 "To Have or To Be"인 것처럼, 자기 의지에 맞추어 자기가 가져 버리려고have 하는 것이 소유적 태도이고, 그것을 그것이게be 하거나 그것을 그것 그대로 놓아 둘 수 있는 태도가 존재적 태도이지요. 비틀즈Beatles가 부른 〈Let It Be〉만큼 존재적 태도를 잘 드러낸 노래가 있을까요?

소유적 태도는 세계에 대한 폭력입니다. 세계를 자기 맘대로 해석하고 자기 맘대로 제한하거나 고정시키기 때문이죠. 그런데 이 폭력은 고스란히 자기에게 되돌아옵니다. 세계를 제한하고 고정시키는 자신의 소유적 태도로 인하여 자기 자신도 제한되고 고정되기 때문입니다. 여기서 모든 판단 착오와 번민과 불행과 당황스러움이 생산됩니다. 그래서 소유적 태도는 자기 자신에 대한 폭력을 동반하지요.

세계에 대한 인간의 소유적 태도를 가장 잘 보여주는 활동이 바로 세계에 대하여 개념화하는 일입니다. '개념'은 인간의 소유적 태도가 관념의 형식으로 남겨진 것이죠. 세계는 움직이고 활동하는 것입니다. 세계에 정지란 없습니다. 하지만 개념은 변화를 정지의 상태로 고정시킨 것입니다. 개념은 변하지 않지요. 움직이지 않아요. 개념으로 형성된 지식 또한 움직이는 것이 아닙니다. 활동성이 없지요. 세상은 변하는 것이고, 이념은 변하지 않습니다. 그런데 실제로 존재하는 것은 변화하는 것입니다. 변화가 존재입니다. 변하지 않는 것은 사실 존재하지도 않습니다.

품사의 형태로 설명한다면 세계는 동사입니다. 세계를 포착하는 인간의 모든 노력의 산물, 즉 개념이나 관념 혹은 지식이나 이념은 모두 명사적 형태입니다. 세계에 실재로 존재하는 것은 동사입니다. 하지만 우리는 실재를 모두 담을 수도 없고,

또 실재를 사용하여 소통할 수도 없지요. 그래서 인간에게는 언어가 있고, 개념이 있고, 관념이 있고, 지식의 축적이 있고, 이념의 세계가 있을 수밖에 없는 것이지요. 명사의 세계를 구축하지 않을 수 없다는 얘기입니다. 하지만 분명한 것은 동사는 존재하는 것이고, 명사는 존재를 아주 제한적으로 담아 놓은 것에 불과하다는 것입니다. 정신 차리지 않으면 세계를 제한적으로 고정시켜 놓은 명사적 세계에 함몰되어, 그것을 세계 자체로 착각하면서 고집을 부리기가 쉽다는 것입니다. 숨 막혀도 숨 막히는 줄 모르고, 답답해도 답답한 줄 모르다가 스스로 질식하거나 스스로 고갈되어 갑니다. 우리는 왜 삶 속에서 지치고 피곤한가? 이 명사적 세계에 스스로를 단단히 가두고 스스로 고갈되고 스스로 질식되기 때문입니다.

행복해지는 길, 생명의 길, 창조의 길, 윤택한 길은 바로 명사로 굳어 있는 자신을 동사적 상태로 깨우는 일에서 시작됩니다. 모든 수양의 핵심, 깨달음의 핵심은 사실 명사로 굳어 있는 자신을 동사적 상태로 되돌리는 일에 다름 아닙니다. 바로 여기에 예술이 개입됩니다. 예술은 명사적 자아가 동사적 자아로 부활하려는 길목에서 반드시 만나야 하는 사건입니다. 예술적 감동이 시멘트 콘크리트처럼 굳어 있는 자신을 깨우는 충격이 되기 때문입니다. 예술은 와인 잔 들고 '논論'해야 하는 체계體系가 아닙니다. 바로 인간을 깨우는 활동이자 힘이어야 합니다. 그래서 인간의 덕이나 욕망은 예술적 힘이 뭉쳐 있는 요처입니다. '덕이 있는 삶'이랄지 '욕망이 주인인 삶'이 결국 미학적 삶으로 승화되는 이유입니다. 부처님의 해탈解脫도 장자의 소요유逍遙遊도 바로 이와 비슷할 것입니다.

나를 장례 지내기, 황홀한 삶의 시작

앞에서 저는 장자의 소요유逍遙遊를 말하며 글을 마쳤는데요, 여기에 대해 조금 더 이야기를 나누고 싶습니다.

소요유는 장자 철학의 주제입니다. 놀이, 즉 유遊라는 범주로 객관에 대한 인식을 포함한 인간의 총체적 삶을 드러내려 시도한 철학자로는 아마 장자가 세계 최초가 아닐까 싶군요.

그럼, 소요逍遙란 무엇이냐? 소요의 의미는, 기존의 가치관이 굳어져서 삶의 양식을 전체적으로 원활하지 못한 상태로 지배할 때, 그래서 생명력이 고갈될 때, 질적으로 전환하여 전혀 다른 각도에서 세계와 관계하는 방식을 형성하는 것 또는 그런 과정을 통해 전혀 새로운 차원에서 누리게 되는 특별히 자유로운 경지를 말합니다. 이것을 도道와 일치된 경지라고 볼 수도 있겠지요.

이런 과정을 장자는 『장자』 「소요유」 첫머리에서 곤鯤과 붕鵬의 대비를 통해 묘사했어요. 곤鯤이라는 물고기는 북명北溟이라는 기존의 세계에서 얼마나 긴 세월을 보냈는지 그 크기를 알 수 없을 정도로 크게 성장했지만, 자신이 살던 바다라는 세계를 과감히 벗어나 전혀 새로운 하늘이라는 세계에서 붕鵬이라는 거대한 새로 전혀 새롭게 다시 태어나지요. 이 얼마나 천지개벽할 일입니까? 바다를 헤엄치던 물고기가 하늘을 나는 새로 다시 새로워지는 일, 장자가 보기에 이 정도는 되어야 개벽이요 새로운 것이라고 말할 수 있는 겁니다. 기존 패러다임 안에서 조그마한 변화를 도모하는 것은 새로움이라고 말하기 어렵습니다.

그렇다면 '소요'라고 표현되는 장자의 이 '새로움'은 어떻게 맞이할 수 있을까요? 어떻게 전혀 새로운 세계를 맞이할 수 있도록 새로워질 수 있을까요? 그 근본적인 방법을 장자는 "자기 자신을 장례 지낸다吾喪我"라고 말하며 '자기 살해'를 주장합니다. 자기 살해라니, 너무 섬뜩한가요? 이 표현은 제가 좀 과격하게 써 본 것인데요, 기존의 자기와 결별하지 않고는 절대 새로운 자기를 만날 수 없다는 의미를 강조하기 위해서입니다.

'오상아吾喪我'라는 구절을 볼까요? 오吾는 새로워져서 우주의 질서에 동참하거나 자유의 경지에 들어 인격적으로 성숙해진 자아이고, 아我는 가치와 이념에 의해 고착되고 굳어져 있으며 경색된 기존의 자아를 말합니다. 장자에게 소요는 먼저 기존의 경색된 질서에 의해 질식해 가는 자아를 해방시키는 일에서부터 시작됩니다.

그렇다면 왜 기존의 자아를 살해해야만 하는 걸까요? 바로 이 점이 중요합니다. 장자가 보기에 인간은 자기가 신뢰하는 가치와 이념에 묶여 있고, 그 가치와 이념의 굴레는 점점 견고해지고 굳어 가서 결국 인간은 자신이 섬기는 가치와 이념에 의해 생명력을 잃고 죽어가고 있는 겁니다. 이것이 바로 고착되고 굳어 가며 경색되어 가는 인간의 모습이라는 얘기지요. 그래서 자기 살해는 가치와 이념으로 결탁되어 폐쇄적인 형태로 굳어 가는 자기我로부터 벗어나 전체 세계의 원리, 즉 이 세계의 진실성과 함께 작동하는 개방적 자아吾로 깨어나는 것을 의미합니다.

가치와 이념의 결탁으로부터 해방된 '오상아'의 상태를 장자는 어떻게 묘사했을까요? 다음은 『장자』「제물론齊物論」의 첫 대목에 나오는 이야기입니다.

남곽자기南郭子綦가 책상에 기대어 앉아 하늘을 멀거니 바라보면서 길게 한숨을 내쉬는데, 그 멍한 모습이 마치 짝을 잃은 사람 같았다. 안성자유顏成子游라는 제자가 옆에서 모시고 있다가 물었다.

"어찌된 일입니까? 몸은 마른 나뭇가지처럼 되었고 마음은 불 꺼진 재와 같으십니다. 지금 책상에 기대어 앉아 계시는 선생님은 전에 책상에 앉아 계시던 분이 아닙니다."

그러자 남곽자기가 말했다.

"이런 질문을 하다니! 너 참 대단하구나! 나는 지금 나를 장례 지냈다. 네가 그것을 알아챘단 말이냐?"

도대체 이게 뭔 소리인지 알쏭달쏭한가요? 여기서 '오상아' 한 후의 모습이 나옵니다. '불 꺼진 재'나 '마른 나뭇가지'의 형상으로 책상에 기대고 있는 남곽자기는 자신이라고 할 어떤 견고함도 없는 맥 빠진 모습으로 표현되어 있어요. 자기를 특정한 모습으로 견고하게 지켜 주던 가치와 이념을 모두 벗어던지고 난 후, 어떤 모습으로도 특정화되지 않으니 맥 빠진 것처럼 보일 수밖에 없는 겁니다.

'오상아' 이전에 책상에 기대고 있을 때의 풍경에서는 남곽

자기와 책상이 각기 다른 존재자로 분리되어 대립적으로 있었지만, '오상아' 이후에는 남곽자기 자신의 모습이 해체되어 책상의 모습에 일치함으로써 책상과 남곽자기 사이에는 절대적 화해가 이루어진 것입니다. 이 절대적 화해의 상태에서 세상에 처하는 일, 이것이 바로 장자가 말하는 '소요'입니다. 그것은 이전에 책상에 기대던 모습으로부터 오상아의 단계를 거쳐 지금 불 꺼진 재처럼 책상에 기대고 있는 모습으로 새로워진 경지입니다.

자기 살해! 이처럼 장자는 극단적으로 자아를 부정했어요. 그러나 자기 살해의 대상은 가치와 이념으로 결탁된 자아我입니다. 가치와 이념으로 결탁된 자아를 부정하고 남는 것은 다른 어떤 것에도 영향 받지 않고 그냥 자기 자신으로만 존재하는 참 자아인 것이지요. '일반'으로 존재하는 자아가 아니라 '개별'로 존재하는 자아라는 얘깁니다.

행복한 나, 욕망에 기댄 황홀한 나로 살기 위해서는 개념의 세계에서 벗어나야 합니다. 거듭 강조하지만, 개념은 동사적 세계를 명사화한 작업의 결과물일 뿐입니다. 딱딱한 명사의 세계에서 말캉한 동사의 세계로 옮겨 가야 합니다. 자기 자신을 장례 지내는 '자기 살해'는 황홀한 삶으로 가는 첫 걸음입니다.

'죽음'이 아니라 '죽어가는 일'을 보라

　철학을 공부하려고 맘먹을 때는 막연하게나마 무슨 진리가 나에게 발견되겠지 하는 생각을 했었습니다. 그것이 체계적 이론일 수도 있고, 어떤 깨달음 같은 것일 수도 있겠지만, 어떻게 생겨 먹었을지에 대해서는 도무지 감도 잡지 못했지요. 그저 어떤 빛 같은 게 아닐까 하고 막연하게 기대했습니다. 그런데 아직 그런 것을 만나지 못했습니다. 내가 이미 만났는데도 그냥 지나치고 있는지도 모르지요. 하지만 제게 하나 분명한 것이 발견되었습니다. 이것이 진리인지는 모르겠으나, 내가 가지게 된 생각 중에서는 가장 진리 같은 것입니다. 그것은 다음과 같습니다.

나도 여러분들도 금방 죽습니다!

느닷없이 죽음 운운하니까 분위기가 무거워졌나요? 하지만 적어도 저에게는 이보다 더 분명한 사실이 아직까지는 없습니다. 기분은 조금 가라앉을지 모르지만, 여러분들도 아마 거의 동의하실 겁니다. 강의실에서 학생들에게도 이런 이야기를 한 적이 있습니다. 이렇게 말을 하고 나면 강의실이 일순 조용해집니다. 삶의 밑자락에 흐르는 피할 수 없는 비극적 사실을 처음 만난 사람들처럼 망연자실하고 말지요.

이렇게 한순간에 밀려오는 뭉툭하고 싸늘한 이 느낌은 아마 '깨달음'이라고 표현해도 무방할 것입니다. 그래서 말하는 사람과 듣는 사람의 교감이 소용돌이처럼 함께 돌아 버립니다. 바로 그 순간의 느낌을 계속 잡고 있으면 삶의 질은 매우 높게 지속되고, 태도는 진중하며, 중후한 거동과 통찰의 힘을 유지할 수 있을 것입니다. 하지만 저는 압니다. 이 느낌이 5분 이상 지속할 수 없음을 말이죠. 그럼 왜 숙연함이 유지되는 시간이 그렇게 짧을까요? 그것은 존재하지 않는 것에 충격을 받았기 때문일 겁니다. '죽음'에 충격을 받은 것이지요. 죽음!

하지만 이 세계에 '죽음'은 존재하지 않습니다. 죽음은 개념이에요. 구체적인 실재가 아닙니다. 그럼 이 세계에 구체적이고 실재적으로 존재하는 것은 무엇이냐? 바로 '죽어가는 일'이 존재해요. 이 세계에 진짜 있는 것은 죽음이라는 '개념'이 아니라, 죽어가는 '사건'입니다. 개념에 의해 인간이 움직여지기는 어렵습니다. 피상적으로 짧은 충격을 받을 수는 있지만, 그것에 의한 피상적 충격은 심연의 변화를 이끌어내지 못하지요. 영혼을 자극하지는 못합니다. 영혼은 우리의 것으로 공유되지 않습니다. 고유한 나의 것입니다. 죽음은 우리의 것이지만, 나의 것은 아닙니다. 죽어가는 일, 죽어가는 사건이 비로소 나의 것이 될 수 있습니다. 인간은 죽어도 일상에서 죽습니다. 보편의 세계에는 '우리'가 존재하지만, 일상의 세계에는 '내'가 존재합니다. '죽음'은 보편이지만 '죽는 일'은 일상입니다. 보편적 개념으로 내 영혼을 자극하기는 어렵습니다.

그래서 죽어가는 사건을 한 번이라도 가까이 접해 본 사람과 가까이서 접해 보지 않은 사람은 삶을 대하는 태도가 달라요. 시체를 한 번이라도 본 사람, 보기만 한 것이 아니라 만져 본 사람, 임종을 한 번이라도 지켜본 사람은 달라요. 왜? 그 사람은 죽어가는 일을 봤으니까요. 죽음이라는 개념을 만난 것이 아니라, 죽어가는 사건을 접한 것이지요.

인문학적 통찰은 뭐냐? 바로 '죽음'이라는 개념에 익숙해 있는 사람에게 '죽어가는 일'이 "툭!" 하고 경험되는 거예요. 개넘을 봤는데, 사건이 느껴지는 거지요. 죽음이라는 명사가 갑자기 동사가 되어 자기에게 파고드는 사건을 경험하는 것입니다. 명사로 굳어진 사람이 동사적 율동을 회복하는 것입니다. 결국은 주체력을 회복하는 일이자 덕의 힘을 갖는 일입니다. 여러분, '죽음'에 매달리지 말고 '죽어가는 일'을 응시하길 바랍니다.

욕망이여, 입을 열어라

철학의 시작, 낯설게 하기

중국 당나라의 고승 조주선사께서 어떤 스님에게 이런 질문을 받았습니다.

"조사가 서쪽에서 온 까닭은 무엇입니까?"

여기서 조사祖師는 달마를 말합니다. 조주선사가 답합니다.

"뜰 앞의 잣나무다."

"뜰 앞의 잣나무다"라는 말은 아마 "뜰 앞의 잣나무를 보았느냐?"는 의미일 것입니다. 앞에서 말한 여러 선사들의 이야기에 나오는 의미와 별반 다르지 않지요. 무슨 까닭을 들으러 온 사람이 알고 싶어 하는 것은 저 멀리 하나의 체계로 있는 것이 아니라 바로 네 앞에 있음을 알게 하려는 뜻일 겁니다. 진리는 눈앞에 펼쳐져 있는 것이다! 즉 현전現前한 것임을 말하고 있습니다. 불교적 진리와 희망은 모두 바로 눈앞에 있는 잣나무 한 그루에도 새겨져 있습니다. "마당에 굴러다니는 돌멩이!"랄지 "주머니 속의 동전 한 닢!"이랄지 해도 될 일이지요.

질문했던 스님이 "선사께서는 구분 짓는 경계를 가지고 대답하지 마시라"고 하니까 조주선사가 다시 "나는 경계를 가지고 말하지 않는다"고 대답합니다. 조주선사는 확고한 이론 형태를 띤 이유가 아니라 아마 현재 나타나 있는 것이 진리라는 말을 하고 싶었을 겁니다. 이유가 이론으로 설명되는 순간, 그것은 현전하는 것으로서가 아니라 바로 하나의 체계로 자리 잡아 버립니다. '상相'이 되어 버리는 것이지요. 개념이나 관념의 세계로 넘어가 버리는 것입니다. 명사로 굳어져 버리는 것입니다. 동사적 상태로 남아 있질 못하지요. 불교에서 추구하는 '비상非相', 즉 '상相이 아닌' 상태로 남지 못하게 되는 것입니다.

불교에서는 항상 깨어 있으라고 말합니다. 그건 기독교도 마찬가지인 것 같습니다. 어느 종교나 다 그 종교적 진리를 체득하기 위해서는 깨어 있어야 합니다. 예술가도 그렇고 철학자도 그렇습니다. 삶의 궁극처를 지향하는 사람도 깨어 있어야 합니다. 깨어 있다는 것은 예민함을 유지한다는 말이지요. 이론이나 체계의 한계를 뛰어넘으려는 사람도 예민함을 유지하고 깨어 있어야 합니다. 예민함을 유지하며 깨어 있는 사람의 눈빛이 굳이 저 먼 곳을 향할 필요가 없지요. 바로 '지금 여기'가 새롭게 눈으로 들어오고, 거기서 세상이 읽혀지기 때문입니다. 크고 위대한 진리를 궁금해 하는 사람이라고 바로 눈앞에 있는 것들의 '현전'을 깨닫지 못하면 그 사람은 진리의 입구에 들 수 없는 사람이지요. 불법을 들으러 온 사람이 마당을 가로질러 방으로 들어오는 동선상에 서 있는 잣나무도 보지 않았다면, 도대체 불법은 그 사람에게 무엇이겠습니까? 그 잣나무에 이미 불법이 구현되어 있는데……. 우리는 세상을 살면서 우리 눈앞의 것들을 정말 '보고' 있을까요?

자, 이제부터는 제 청춘의 아련한 추억 한 토막을 여러분께 꺼내 놓아 보겠습니다. 철학이란 무엇인가? 인문적인 사고는 어떻게 출발하는가? 하는 것을 말하고 싶어서입니다.

술 좋아하는 분들은 대개 이런 경험이 적어도 한 번쯤은 있을 겁니다. 제가 다니던 대학 근처에서 술 마시다가 취하면 어떤 여인숙에 가서 몸을 뉘었습니다. 이름은 '노고산 여인숙.'

이름이 참 토속적이죠? 아무튼 친구, 선후배들과 어울려 밤새 술을 마시고는 그곳에 들어가 뒤엉켜 구겨져 있다가 아침에 일어나곤 했죠. 밤새 퍼 마셨으니 술이 금방 깰 리 없죠. 입에서는 술 냄새가 진동하고 아주 지저분한 몰골이었겠죠? 시간을 보면 대략 아침 8시 반 정도 되거든요. 그때 잠시 고민에 빠집니다. 학교를 가야 하나 아니면 하루 쉬어야 하나. 고민하다가 대개는 학교를 안 가는 쪽으로 용감한(!) 결정을 하죠. 그래서 마치 역류하는 연어처럼 평소 아침 그 시간에 움직이던 방향과는 정반대로 거슬러 가게 됩니다. 아침 그 시간에 학교 쪽으로 가는 것이 아니라, 집을 향해 가니까요.

그런데 길을 거슬러 올라가다 보면 매우 이상한 느낌을 받게 됩니다. 뭐라 할까? 그렇게 넓어 보이던 초등학교 운동장이 어른이 되어 찾아가 보면 매우 작게 느껴질 때와 비슷한 느낌? 누가 내 이름을 부르는데, 이름 자체가 매우 낯설게 들릴 때와 비슷한 느낌? 어머니를 병원에 모셔 두고 혼자 집에 돌아갈 때 매일 다니던 골목길이 이상하게 느껴질 때와 비슷한 느낌? 아무튼 내내 다니던 그 길을 같은 시간대에 거슬러서 반대 방향으로 가다 보면 그 길이 그렇게 생소할 수가 없어요. 심지어 그 시간에 바라보는 대문도 우리 집 대문이 아닌 것 같아요. 그 시간에는 매일 대문 안쪽만 보다가 대문 바깥쪽에서 보면, 이 집도 우리 집이 아닌 것 같아요. 매우 낯설고 생소한 풍경으로 다가옵니다.

그런데 그 낯섦과 생소함이 이상하게 내 감각을 예민하게 깨웁니다. 술은 대충 깼으니까 분명히 술기운 때문은 아닐 테지요. 그래서 그동안 내 눈에 보이지 않았던 것들이 보입니다. 길 양 옆 시멘트 콘크리트의 갈라진 틈새에 뿌리를 박고 친구 한둘과 함께 겨우 버티고 있는 이름도 없는 잡초들, 어느 꼬맹이가 툭툭 차다가 버려뒀을 법한 작은 돌멩이 하나, 그 돌멩이의 불안정한 형태, 옆집 양철 가림막의 벗겨진 페인트 모양 등등. 보통 때라면 눈에 들지 않았을 사소한 것들이 보이기 시작하지요. 그때 처음으로 우리 집 들어가는 골목길에 저렇게 큰 나무가 있었나 하는 생각이 들어요. 마치 그 나무를 처음 본 느낌이에요. 그렇게 큰 나무를 말이죠. 보통의 시선이란 이렇게 늘 대충대충이에요. 그래서 그 나무를 한동안 바라봅니다. 그런데 나무가 흔들려요. 흔들리는 이파리를 보면서 마치 방황하는 내 마음 같다고 생각합니다. 나무와 내가 아주 희미하게나마 공감의 문을 열게 됩니다. 그러다가 또 더 자세히 봅니다. 왜 나무가 흔들릴까? 아, 바람이 부는가 보구나. 그럼 바람은 무엇인가? 공기가 움직이는 것이 바람이지. 이쪽에 있던 공기 덩어리가 저쪽으로 가는 활동이지. 그런데 그것이 어떻게 나뭇잎을 흔들까? 아, 공기 덩어리가 움직이면서 힘이 생기는구나. 왜 힘이 생길까? 공기 덩어리가 움직이는 속도 때문에 힘이 생길 거야.

낯설게 보이는 골목길에 서서 나무를 보고 발생한 사유의 궤적이 바로 속도에까지 꽂힐 수 있는 활동, 이것이 바로 철학적 태도의 시원적인 출발 형식입니다. 단, 여기에 조건이 있겠죠? 먼저 과음을 할 것, 둘째, 외박을 할 것. 셋째, 같은 시간대에 역류를 할 것. 이 역류의 과정 속에서 여러분은 매우 보배로운 경험을 하게 됩니다. 그것은 바로 '낯섦'입니다.

낯섦이 발생하는 예민한 상태의 관찰력을 갖지 못한다면, 이 세계는 여러분에게 아무것도 아닙니다. 차창 밖으로 지나가는 가로수의 환영처럼 그냥 지나치는 것일 뿐입니다. 익숙함과 결별하여 세계를 낯설게 바라볼 수 있을 때, 철학은 비로소 시작됩니다.

여러분, 사랑도 익숙해지면서 종말로 치닫습니다. 따분함과 권태로움이 밀려오면서 모든 것을 시들게 하지요. 익숙함에 매몰되면서 찾아오는 그 지루함을 무엇이 견딜 수 있을까요? 항상 낯섦을 유지할 수 있어야 합니다. 낯섦을 느끼는 정도만 되어도 이미 보통을 넘어선 것은 사실이지만, 낯섦이 낯섦으로만 남아 있다면 그 생경한 느낌 속에서 어리둥절하지 않을 수 없을 것입니다. 그 낯섦을 붙잡고 계속 사유를 진입시키는 활동을 전개하면 자기가 대상과 교감하는 단계가 되고, 그 교감의 결과로 전혀 새로운 세계를 창조할 수 있습니다. 바로 낯설게 보이던 '나무'로부터 '속도'까지 읽을 수 있게 되는 것이지요. 여기서 다시 낯섦의 단계를 더욱 성숙시킬 수 있는 집요함이 요구됩니다. 낯섦을 잡고 놓지 않는 이 집요함, 이 집요함이 우리를 창조적 세계로 이끄는 원동력이 되는 것이지요. 그렇다면 이 낯섦에서 집요함을 연결해 내는 힘이 무엇일까요? 그것도 바로 제가 줄곧 이야기한 '덕'입니다. '주체력'이라고 할 수 있겠네요.

인문적 사고를 시작한다고 하거나 철학을 시작한다고 하는 것은 낯설게 할 줄 안다는 말이에요. 낯설게 한 다음에 그것을 끝까지 물고 늘어지는 집요함을 발휘하는 게 중요하지요. 그 낯섦의 발생이나 집요함의 유지가 모두 주체의 활동력, 즉 덕의 발현이라는 것을 알아야 합니다. 욕망의 작동이라는 것이죠. 이 관찰의 집요함 속에서 새로 등장한 세계, 그것이 바로 자기의 세계이지요. 그것을 글로 써 놓으면 시가 되고, 색깔로 표현하면 그림이 되고, 소리로 표현하면 노래가 되고, 명증한 범주의 틀로 구성하면 철학이 되는 것입니다. 새로운 세계죠. 익숙한 세계가 아니에요.

타조를 잡는 방법

타조 아시죠? 펭귄과 더불어서 날지 못하는 대표적인 조류. 날지 않고 의연함을 유지하는 새. 뇌의 크기가 눈의 크기보다 작은 새. 이런 타조는 어떻게 잡을까요? 저도 타조 사냥을 직접 해본 적은 없지만, 어디서 읽은 기억이 있어서 말씀드립니다. 물론 지금은 제가 말하는 사냥 방식이 아닐 가능성이 더 많을지도 모르지만요. 우화로 전해 내려오는 이야기인지도 모르겠습니다. 근데 우리의 대화에 유용한 것 같아서 사실로 알고 이야기를 해볼게요.

타조를 발견하면, 일단 타조를 쫓기 시작합니다. 근데 쫓는 방법이 있다고 해요. 일정한 간격을 유지하면서 계속 쫓아

간다고 합니다. 타조 이 녀석이 지겨울 정도로 말이죠. 그렇게 계속해서 쫓다 보면 어느 순간에 타조가 자기를 쫓아오는 사냥꾼과 자기 사이에 지속적으로 유지되는 긴장을 감당하지 못하고 그대로 땅에다가 자기 머리를 처박는답니다. 그러면 머리를 처박고 있는 타조를 그냥 주워 오면 되는 거예요. 먼저 돌도끼로 몇 대 치고 잡는지도 모를 일입니다. 이게 타조 사냥이에요.

저는 타조 사냥 이야기를 들으면서 타조뿐 아니라 바로 우리 스스로가 사냥되는 이야기라고 느꼈습니다. 우리 자신들이 살아가는 이야기라고 생각한 거죠. 뒤에서 쫓아가는 사냥꾼은 세계라는 역할을 합니다. 내 밖에 존재하는 유무형의 모든 것이 세계죠. 세계는 항상 지속적으로 우리에게 대답을 요구합니다. 무엇인가 반응하라는 것이죠. 그래서 세계와 나 사이에는 항상 일정한 긴장이 있을 수밖에 없어요. 사실 궁극적으로는 세계와 나 사이에 존재하는 이 긴장을 어떻게 관리하는가가 자기 삶의 실질적인 모습일 것입니다. 그 긴장에 어떤 태도를 취하고 또 어떤 형식으로 반응하는가가 삶의 내용이 된다는 얘깁니다.

그런데 일상에서의 보통의 삶이라는 것은 대개 이 어찌해 볼 수 없게 느껴지는 긴장에 굴복하죠. 그래서 낯섦을 스스로 조장하기보다는 익숙함에 굴복하지요. 이념을 돌파하기보다는 이념을 옹위합니다. 파격을 시도하기보다는 질서에 순응하는 쪽을 택합니다. 자신을 표현하기보다는 스스로 '우리'라는 울타리 속으로 걸어 들어갑니다. 그래서 타조처럼 이 세계의 진실을 차라리 외면해 버리죠. 차라리 사냥꾼을 보지 않음으로써 자신은 안전하다고 스스로 규정해 버리는 것입니다. 세계의 진실을 대면하다가 스스로 마주하게 될 그 낯선 풍경이 두려운 거예요.

그런데요, 아주 엉뚱한 타조가 있기도 할 겁니다. 돌연변이로 태어난 이 녀석은 '무모한 심장'을 타고난 타조일 가능성이 매우 크죠. 할아버지 타조도 사냥꾼에 쫓기다 머리를 처박았고, 삼촌 타조도 처박았고, 자기 동네 타조들이 죄다 그렇게 머리를 처박고 최후를 맞았는데, 어느 날 '무모한 심장'을 가진 어떤 타조가 "젠장! 도대체 뭔지 알고나 죽자" 하면서 사냥꾼 무리를 "홱!" 하고 돌아봅니다. 자신을 질기게 추적해 오는 그 가공할 풍경을 처음으로 마주하는 타조의 표정을 상상해 봅시다. 얼마나 놀랍겠어요? 그전에는 상상이나 해봤겠어요? 이것은 '무모한 심장'의 타조에게는 예상치 못했던 정말 낯선 사건입니다. '경이驚異!' 바로 경이 그 자체이지요.

이제 이 '무모한 심장'을 가진 타조는 그 이전과 전혀 다른 시각과 깊이를 갖게 될 것입니다. 철학이 갑자기 시작된 것이죠. 철학 교과서들의 시작 부분에 "철학은 경이로부터 시작된다"는 말이 들어 있는 이유를 아시겠지요?

그렇습니다. 돌아봐야 합니다. 익숙했던 것을 낯설게 만들어서 마주한다는 것, 힘든 일이죠. 그것이 엄청 어렵고 고통스럽지만 해내야 합니다. 그래야 '경이'를 만날 수 있습니다. 근데 저는 여기서 다른 말 하나를 더 붙이고 싶어요. '용기'라는 말입니다. 철학이 경이로움으로부터 출발한다고 하지만, 그 경이로움을 생산하는 창조적 계기는 바로 다른 것이 아닙니다. 모든 불안을 이겨내고, 돌아보려고 용을 쓰던 바로 그 힘이죠. 그 힘이 바로 용기가 아닐까요? 저는 그래서 우리가 인문적 사고를 하는 길로 들어서는 일도 용기와 관련된다고 생각합니다. 결국은 힘의 문제예요. 이 돌아보는 힘이 없는 사람은 인문적 통찰에 가까이 갈 수 없습니다.

내 털 한 올이 천하의 이익보다 소중하다

양주楊朱라는 철학자가 있었어요. 춘추전국시대의 사람이었죠. 『맹자孟子』에 의하면, 양주는 "털 하나를 뽑아 온 천하가 이롭게 된다 하더라도 그렇게 하지 않는다拔一毛而利天下不爲"라는 인물이에요. 정강이에 난 털 한 올을 세계 평화와도 바꾸지 않는다고 하네요. 자기를 소중히 생각하려면 무릇 이 정도는 되어야 하지 않겠어요? 맹자를 위시해서 많은 사람들이 양주를 자신만 위하는 인간이라고 비판합니다. 그래서 극단적 이기주의자利己主義者랄지 위아주의자爲我主義者랄지 하는 말들이 항상 그를 따라다니지요.

맹자가 양주를 위아주의자라고 비판한 이유는 무엇이었을

까요? 맹자는 양주에게는 "군주가 없다. 그렇기 때문에 안 된다"라고 했습니다. '군주가 없다無君'는 말은 무슨 뜻일까요? 군주가 중심이 되어 통치하는 시스템을 갖지 않았다는 겁니다. 그럼, 군주가 중심이 되어 통치하는 시스템이 갖추어지지 않았다는 말은 또 무슨 뜻일까요? 집단적으로 동의된 이념의 영향력 안으로 개인들을 포섭하는 시스템이 아니라는 겁니다. 개인들로 하여금 보편적 이념을 기준으로 받아들이게 하는 시스템이 아니라는 거지요. 이런 시스템에서는 군주가 주도권을 갖거든요. 그래서 '군주가 없다'는 말은 이와 같은 시스템이 갖춰지지 않았다는 말과 같은 겁니다. 양주에게는 이런 보편적 기준에 대한 긍정적 수용의 태도가 없기 때문에 맹자가 비판한 것입니다.

그런데 저는 여기서 맹자가 조금 더 생각이 깊었으면 하는 아쉬움이 있습니다. 왜 그럴까요? 맹자는 전체를 책임지는 군주의 건강성이 그 사회의 건강성으로 확대된다고 보았습니다. 하지만 사회를 구성하는 개개인들의 건강성이 오히려 사회 전체의 건강성을 담보한다는 것을 간과했습니다.

여기서 미셸 푸코Michel Foucault라는 철학자에 주의해 보지요. 푸코는 근대를 비판합니다. 그러면서 근대성을 넘어서는 새로운 유형의 인간형을 지향하지요. 새로운 인간형이란 스스로 윤리의 입법자가 되는 자율적이고 능동적인 인간형을 말합니다. 푸코가 보기에 근대인은 종속적 주체입니다. 근대인들이 자기 내면에 스스로를 통제하는 도덕 원칙을 가지고 있다고 생각한다는 점에서는 주체라고 할 수 있겠네요. 하지만 그 원칙은 스스로의 자율성에서 나온 것이 아니에요. 외부에 있는 거대한 이념의 체계를 받아들여서 스스로 내면화한 후에, 그것을 자신의 원칙이나 기준으로 삼은 것에 불과합니다. 내면화되어 있지만 외부에서 강제된 것이죠? 이런 의미에서 종속적이라고 할 수밖에 없는 거예요. 그래서 푸코는 근대인을 종속적 주체라고 부릅니다. 좋은 의미로 한 평가가 아니겠지요? 푸코는 새로운 유형의 인간은 이와 다르게 능동적이고 자율적인 주체여야 한다고 봅니다.

외부는 주체가 포함된 세계 전체이지요? 그래서 그것은 주체인 '나'에게는 '천하'입니다. 이렇게 되면, 삶의 원칙이나 도덕 원칙이 나에게서 생산되지 않고, 천하에서 생산되지요. 그 외부의 원칙이란 것을 유학의 틀로 말하면 '예악禮樂' 체계로 볼 수 있겠네요. 이것은 개념의 틀로 만들어져 있어요. 외부에서 강제된 진리를 자기의 것으로 내면화하고 있는 사람에게 자신만의 고유성은 소중하게 보일 수가 없을 겁니다. 그래서 자신에게만 있는 고유한 '털 한 올' 정도는 아주 사소한 것이죠. 사소한 것이라면 당연히 버리기도 쉽겠지요. 천하에 비하여 자기 자신의 가치가 낮게 평가될 수밖에 없기 때문이 아니겠어요?

그렇다면 종속적 주체는 영원히 종속적인 삶을 살아야만 할까요? 푸코가 말하는 능동적 주체는 어떤 외적인 가치나 원리에 기대어 살지 않아요. 자신에게 다가오는 외적 가치를 독립적으로 해결하고 자신의 도덕규범을 스스로 만들지요. 푸코는 이런 능동적 주체로 재탄생시키려는 과정에서 '자기 배려 epimeleia heautou'라는 말을 제시합니다. 자기 배려는 자기 이외에는 어떤 것도 고려하지 않고 오직 자기에게만 관심을 기울이고 자기 자신만을 지향하는 것이죠. 쉽게 말하면 '자기만 배려하는 것'이라고 할 수 있겠네요. 이 자기 배려는 양주의 '위아爲我'와 딱 들어맞습니다. 이렇게 하면 주체는 얼핏 보기에 고립적으로 보일 수도 있지요. 이기적이라거나 개인주의적으로 보이기도 할 테고요. 하지만 이렇게 해야만 주체는 외적인 어떤 것에도 의존하지 않고 자기 삶의 역동성을 오직 자기 내면으로부터만 이끌어 낼 수 있지 않을까요? 진정한 자율적 주체로 재탄생하는 것이지요. 비로소 자기가 자기 주인이 되는 겁니다.

제 말의 의미가 여러분들에게 간결하게 다가오지 않을 수도 있습니다. 좀 더 쉽게 말해 보죠. 한국 현대사의 독특한 사상가인 함석헌 선생의 말씀을 빌려 보겠습니다. 함석헌 선생은 "자기의 도덕을 지킨 사람이 우리의 도덕을 비로소 지킬 수 있다. 자기의 정의를 지키는 사람만이 비로소 우리의 정의를 지킬 수 있다"고 하셨어요. 치명적인 말씀입니다. 함석헌 선생의 말씀과 양주의 이야기는 매우 닮아 있습니다. 푸코도 별로 멀지 않습니다. 양주의 생각이란 바로 이런 식이지요. '나'를 위하는 것에서부터 나오는 '우리'가 진정 강하다는 거예요. 우리가 정해 놓은 것을 각자에게 지키게 하는 것이 아니라, 각자가 개별적으로 지키는 것들의 통합으로 만들어진 우리, 이것이 강하다는 거예요.

자기가 먼저 혁명되지 않고서는 어떤 혁명도 불가능합니다. 우리가 오랫동안 봐 왔잖아요? 한국의 젊은이들은 줄곧 혁명을 꿈꾸었지요. 그래서 세계에 유례없이 자랑스러운 학생 운동사를 가지게도 되었습니다. 혁명을 꿈꾸던 학생들은 모두 정의와 도덕으로 무장했었습니다. 그렇다면 정의와 도덕으로 무장한 학생들이 사회에 나왔을 때, 그만큼 이 사회의 정의와 도덕의 양이 증가했습니까? 학생 지도자들이 졸업 후에 기성 정치에 참여해서는 어떠했습니까? 여전히 정의롭고 도덕적인가요? 그렇지 못했어요. 왜 지키지 못했나요? 자기를 지킬 힘이

없기 때문이에요. 자기의 주체력이 없는 거예요. 능동적 주체
가 아니기 때문입니다. 차라리 종속적 주체이기 때문이지요.
자기가 자기를 이끌지 않았습니다. 이념이 자기를 이끌었습니
다. 자기가 먼저 혁명되지 않았기 때문입니다. 그래서 결국은
정치꾼으로 전락하지요. 적어도 우리나라 정치에서는 혁명된
개인을 만나기가 매우 어렵더군요. 아직까지는 없는 것 같습니
다. 양주의 표현을 빌리자면, 천하의 이익보다도 자기 정강이
에 난 털 한 올을 더 소중하게 생각하는 사람이 아직 한 명도
없다는 얘기예요.

　노자도 비슷한 이야기를 합니다.

　　자신의 몸을 천하만큼이나 귀하게 여긴다면
　　천하를 줄 수 있고,
　　자신의 몸을 천하만큼이나 아낀다면
　　천하를 맡길 수 있을 것이다.
　　貴以身爲天下 若可寄天下 愛以身爲天下 若可託天下

　　　　　　　　　　　　　　　　　　—『도덕경』13장

　노자가 보기에 천하보다도 자기 자신을 더 위하는 사람이
라야 천하를 맡을 수 있습니다. 자기 자신보다도 천하를 더 위

하는 사람은 대개는 허구 속에 있는 사람입니다. 궤변 같지만, 이것이 진실입니다. 양주나 푸코나 노자나 모두 이 말을 하고 있는 것이죠.

여러분, 우리가 경계해야 할 사람들이 있어요. 선거철에 "국가와 국민을 위해 봉사하는 삶을 살겠습니다"라고 말하는 사람은 절대 믿지 마세요. 선거만 끝나면 끝이에요. 또, "국민을 위해 이 한 몸 바치겠습니다"랄지 "무거운 사명감을 안고 역사와 민족 앞에 섰습니다"랄지 이런 말은 더 믿지 마세요. 대신에, "나는 우선 이 한 몸이나 잘 건사하겠습니다"라고 말하는 사람은 믿어 볼 만합니다.

양주가 '털 한 올'을 '천하'보다 소중히 여긴다고 하는 것은 바로 자기를 귀하게 여기는 일이자 자기가 먼저 혁명되는 일이지요. 노자가 "자신을 아끼고 귀하게 여기는 일"이라고 한 것은, 단순한 이기주의나 개인주의가 아니라 천하의 넓이만큼 자신을 자율적 주체 혹은 능동적 주체로 먼저 성숙시킨다는 표현일 뿐입니다. 개별적 존재가 보편적 존재에 우선권을 양보하면 안 되지요. 일상의 삶이 이념에 결박당해도 안 됩니다. 그리고 신체적 감각이 이성적 관념에 주눅 들어도 안 돼요. 양주의 '털 한 올'이나 노자의 '자신을 귀하게 여기기'는 오히려 우리 각자에게 개별자의 해방, 주체의 자율성과 능동성 회복,

신체성의 가치 회복, 구체적 일상에 대한 가치 부여가 가능한 길을 열어 주고 있는 것이 분명해요. '우리'에 갇혀 있던 '나'를 비로소 해방된 존재로 살 수 있게 해주지요. 독립적 주체로 재탄생시켜 준다니까요!

자기를 위하는 사람은 자신의 존엄에 대한 통철한 인식과 갈구를 한순간도 놓치지 않지요. 자신의 욕망을 진실하게 대면합니다. 그래서 천하를 감당할 정도의 함량을 가진 위대한 '초인超人'으로 등장할 수 있어요. 자기를 위해 사는 존재라야 비로소 세계를 책임질 수 있는 능력을 갖게 되지요.

이제 푸코의 주장을 하나 더 음미해 보죠. 다음은 『교수신문』(2007년 9월 16일자)에 실린 하상복 선생의 글 「'자기 배려의 기술'에 내포된 정치적 메시지」에서 재인용한 푸코의 말입니다. 큰 울림을 피할 수 없네요.

제우스는 누구일까요? 그는 단순히 자기 자신만을 돌보는 존재입니다. 완벽한 순환성 속에 있고 어떤 것에도 의존하지 않는 일종의 순수 상태의 자기 배려, 바로 이것이 신성한 요소를 특징짓습니다. 제우스는 누구일까요? 그는 자기를 위해 사는 존재입니다.

자기 몸을 천하만큼 사랑하는 사람한테는 덕이 있습니다. 하지만 천하를 자기보다 사랑하는 사람에게는 덕 대신에 이념이 있어요. 자기가 자기 활동의 동력을 이념에서 구한다면, 거기에는 자기가 존재하지 않아요. 자기가 존재하지 않기 때문에 자기 존엄에 대한 의식이 없는 겁니다. 그러니 자기가 어떤 행동을 해도 부끄러운 줄 모르지요. 어때요? 머릿속에 수많은 사람들이 떠오르지 않나요?

천하를 위하는 사람이 윤리적인 행동을 하겠습니까? 아니면 자기를 위하는 사람이 윤리적인 행동을 하겠습니까? 자기를 위하는 사람이 윤리적인 행동을 합니다. 어떤 사람들이 뇌물을 받아 왔어요? 천하를 위하는 사람은 뇌물을 받아요. 당을 위하는 사람도, 자기 계파를 위하는 사람도 뇌물을 받아요. 자기 계파를 위해서, 천하를 위해서 받는 거예요. 자기가 받는 것이 아니라고 스스로 착각을 만들어 내지요. 그런데 천하든 당이든 자기 계파든 그런 것들을 위하지 않고, 양주나 노자처럼 자기를 위해서 사는 사람은 뇌물을 받으면 자존을 해치게 된다는 것을 알고 있습니다. 자기 존엄이 파괴되는 일이란 걸 아는 거지요. 그래서 그 유혹을 거절할 힘이 있는 겁니다.

윤리적인 사회는 윤리 규정이 만드는 게 아니에요. 덕이 있는 개별적 존재들이 많아질 때 윤리적인 사회는 아주 자연스럽게 이루어집니다. 자기 삶을 일상에서 영위할 줄 아는 사람이 많아질 때 윤리적인 사회가 됩니다. 눈에 보이지 않는 이념을 더 소중하게 생각하는 것보다 구체적인 자기 일상을 더 소중하게 생각하는 사람, 이런 사람이 많아지면 저절로 윤리적인 사회가 됩니다.

여러분, 거대하고 보편적이고 추상적이고 진리로 치장하는 것들에 속지 마세요. 대개는 사기예요. 그렇다면, 진실은 어디에 있느냐? 자기의 덕에 있어요. 자기 덕을 관리할 힘, 관심, 이것이 여러분을 윤리적이게도 하고 행복하게도 하고 심지어는 사랑스럽게도 하고 돈도 벌게 해준다는 것을 잊지 마세요.

대답만 잘하는 인간은 바보다

우리는 보통 어떤 사람을 똑똑한 사람이라고 하죠? 대개는 무엇을 물었을 때, 바로바로 답을 하는 사람을 똑똑하다고 합니다. 정답을 잘 아는 사람이죠. 심지어는 어른들의 말을 잘 들어도 똑똑하다고 해주죠? 그런데요, 대답 잘하는 것을 똑똑한 것으로 아는 분위기가 팽배한 사회에서는 바보들만 살게 될 거예요. 그런 사회에서 창의력이나 상상력은 발붙이기 어려울 겁니다.

대답이라는 게 뭔가요? 일단 자기와 관계없이 이미 만들어져 있는 지식을 그대로 섭취하지요. 되도록 빨리 또 많이 섭취하려고 노력합니다. 그러고 나서 누군가가 요구할 때 그대로 뱉어 내는 것, 이것이 대답이에요. 이때는 누가 더 빨리, 더 많이 그리고 손상시키지 않고 원형 그대로 뱉어내는가가 승부를 가릅니다. 대답의 과정 속에 주인 자리는 지식이 차지합니다. 자기는 다른 사람이 제작한 지식이 보관되는 창고나 지나가는 통로 혹은 중간역 정도로만 작용할 수 있을 뿐이죠.

이것저것을 많이 배운 사람이 대답만 할 줄 안다면, 이건 바보입니다. 왜 바보일까요? 자기가 없기 때문입니다. 그럼 자기는 언제 존재합니까? 바로 질문할 때 존재합니다. 질문을 하려면 무엇이 있어야 하죠? 일단 문제가 있어야 합니다. 문제는 어떻게 생겨납니까? 호기심이 있어야 돼요. 호기심은 무엇이 만들어 냅니까? 이성이 만들어 내나요? 아니에요. 욕망이 만들어 내죠. 이 욕망이 무엇입니까? 우리들 사이에서 공유되는 것입니까? 아니면 나에게만 고유하게 있는 것입니까? 나에게만 고유하게 있는 것이지요. 자기가 욕망의 주체로서 작동할 때, 호기심이 생깁니다. 그 호기심을 한번 내뱉어 보는 일, 이것이 질문이에요. 대답하는 곳에는 자기가 존재하지 않아요. 질문하는 곳에 자기가 존재합니다. 자기가 우리라는 집단 속에 용해되어 있으면 대답만 가능합니다. 자기가 자기의 주인으로 살아 있을 때, 질문이 시작됩니다.

생각해 봅시다. 대한민국의 인재들이 대답하는 인재로 길러졌는지, 아니면 질문하는 인재로 길러졌는지. 우리 지식인들이 질문과 대답 사이에서 어디에 서 있는지를 세계만방에 보여준 사건이 하나 있었습니다.

2010년 11월 서울에서 G20 정상회의가 열렸죠. 미국 오바마 대통령이 11월 12일에 폐막 기자회견을 합니다. 근데 회견 초두에 미국 기자들이 자꾸만 중간선거 참패와 한미 FTA 회담 결렬을 거론하면서 마치 자신의 지도력 부족을 지적하듯 질문을 해댑니다. 그러니 오바마는 아마 이 곤혹스러운 상황을 자신에게 유리한 방향으로 좀 바꾸고 싶었을 겁니다. 그래서 "한국이 훌륭하게 호스트를 했으니 한국 언론의 질문을 하나 받겠습니다"라며, 한국 기자들에게 질문권을 줍니다. 세계 최강 국가의 대통령이 특정 국가의 기자들에게 질문권을 준다는 것은 상당한 특혜 아니겠습니까? 매우 이례적인 일이기도 하고요.

자, 이런 상황에서 여러분들은 지금 머릿속에 어떤 풍경이 그려지십니까? 거의 모든 언론사에서 몰려든 한국 기자들끼리 서로 질문하려고 경쟁하듯 손을 들었을 것 같죠? 하지만 현실은 그렇지 못했습니다. 한국이라는 국호를 거명하면서까지 질문을 하라는데도 손드는 한국 기자는 한 명도 없었어요. 오바마는 "정말 없어요?anybody?"하고 재차 묻습니다. 그런데도 아무도 손을 들지 않습니다. 그때 어떤 동양인 기자가 손을 들고 말합니다. "나는 사실 중국인이지만 아시아인을 대표해 질문하겠다." 그러자 오바마가 "한국 언론의 질문을 받겠다고 했으니 양해해 주길 바란다"며 거절합니다. 하지만 이 중국기자는 "한국 기자들만 괜찮다면 꼭 질문을 하나 하고 싶다"며 집요하게 요구했고, 이 옥신각신 속에서도 질문하려는 한국 기자는 한 명도 없었습니다. 결국 오바마는 중국 기자에게 질문권을 줍니다. 회견이 끝날 때까지 질문하는 한국 기자는 없었습니다. 이 기자회견 장면을 보면서 얼굴이 화끈거리더군요. 질문을 하려는 한국 기자들이 나타나지 않자 오바마 대통령이 짓던 어색한 미소가 기억에 남습니다.

기자들은 우리나라에서 상위에 속하는 지식인들입니다. 또 기자들은 질문권을 차지하려고 서로 경쟁하는 구조 속에 있을 것 같은데, 단 한 명도 손을 들지 않은 것이 참 이상했습니다. 그것도 한 번만 물었던 게 아니었는데 말이죠. 반면 질문권을 따낸 중국 기자는, 최근 미국 정부가 내놓은 여러 정책들이 미국의 이익을 위해 다른 나라를 희생시키는 것 아니냐는 등의 공격적인 질문을 했습니다.

왜 한국 기자들은 질문을 하지 않았을까요? 매우 간단한 이유일 것입니다. 질문을 할 줄 모르기 때문입니다. 질문하는 것이 훈련되지 못했습니다. 대답하는 인재로만 길러졌기 때문입니다. 대답만 하는 인재로 길러진 결과가 어떻습니까? 호기심도 문제의식도 생기지 않습니다. 내가 원하는 것이 무엇인지도 모릅니다. 문제는 여기에서 끝나지 않습니다. 욕망이 사라지고 자기가 원하는 것이 모호해질 때 상상력이 사라져 버립니다. 창의성이 사라져 버립니다. 이런 현상이 산업으로 연결되면 어떻게 되겠습니까? 끔찍하지요? 대답 잘하는 일과 질문 잘하는 일 사이에는 엄청나게 큰 간극이 존재해요. 앞으로 대답하는 인재보다 질문하는 인재가 많아져야 비로소 선진국이 될 수 있을 것입니다. 문화와 정치와 산업이 서로 호응하는 발전을 이루게 될 것입니다.

한 가지 사례를 더 볼까요? 2011년 12월 12일자 『조선일보』 기사입니다. 기사 제목은 "질문도 못하는 대학생들이 어떻게 자본주의 혁신 이끌겠나"로 달려 있습니다. 기사는 한국 학생들이 질문을 하지 않는다는 내용으로 채워져 있더군요. 기사 말미에 폴 베르간 전前 노르웨이 공과대학 교수의 말이 인용되어 있습니다.

이런 상황을 극복하기 위해 초등학교 때부터 학생들이 스스로 자유롭게 생각하고 토론하는 문화가 정착돼야 한다.

그렇다면, 스스로 자유롭게 생각하고 토론하는 문화를 어떻게 정착시킬 수 있을까요? 시스템을 갖추고 기술적인 배려를 하면 가능해질까요? 아마 그렇지 않을걸요. 제가 보기에 스스로 자유롭게 생각하고 토론하는 문화는 억지로 시도해서 정착시킬 수 있는 게 아니에요. 그 문화 속에서 살 학생들을 다르게 배양하여, 문화 자체가 그런 식으로 드러나도록 해야 하지 않을까요? 다르게 배양한다는 말은 무슨 뜻입니까? 그것은 대답이 아니라 질문할 수 있게 한다는 것입니다. 왜 토론이 되지 않을까요? 할 말이 없기 때문입니다. 왜 할 말이 없을까요? 문제의식이 없기 때문입니다. 왜 문제의식이 없을까요? 세계에 대하여 호기심이나 관심이 없기 때문입니다. 왜 호기심이 없을까요? 욕망이 발동되지 않기 때문입니다. 왜 욕망이 발동되지 않을까요? '자기'가 없기 때문입니다. 자기만의 시선으로 세계를 볼 수 없기 때문입니다. 자기가 독립적 주체로 우뚝 서 있는 것이 아니라, 배운 대로 움직이기만 하려고 준비하고 있기 때문이지요. 주체가 독립적이지 못하면, 즉 주체가 덕의 상태를 회복하지 못하면 세계를 자신만의 맨 얼굴로 마주할 힘이 발휘되지 않습니다.

질문이 왜 중요할까요? 질문하는 능력은 단순히 대답과 질문 사이의 문제에 한정되지 않습니다. 질문하는 능력이 있는지 없는지 하는 것은 바로 독립적 주체를 회복했는지 못했는지 하는 문제와 곧장 연결됩니다. 덕이 드러났느냐 드러나지 못했느냐 하는 문제와도 직결됩니다.

덕이라고 하는 '터'를 가진 독립적 주체라야 지식을 지혜로 승화시킬 수 있지요. 아는 것을 바탕으로 하여 모르는 곳으로 건너갈 수도 있지요. 자신을 인격적으로 성숙시킵니다. 인문적 통찰과 미학적 승화를 완성합니다. 지식이나 이념을 뚫고 나온 독립적 주체라야 자신의 삶을 행복이라는 각도에서 영위합니다. 자유를 구가합니다. 타인과 공감할 수 있는 힘을 발휘합니다. 상상력도 세계와 자신과의 관계에 대한 질문에서 싹을 틔웁니다. 튀어나오는 질문을 붙잡고 계속 꼬리를 연결시켜 추적하며 꿈을 꾸는 일, 이것이 바로 상상하는 일이죠. 창의성도 바로 질문에서 시작됩니다. 질문도 없이 어떻게 새로워질 수 있겠습니까? 인간의 동선에 대한 질문이 없이 어떻게 그 동선이 나아가는 방향을 앞설 수 있겠습니까? 자신에 대한 질문이 없이 어떻게 자신을 들여다볼 수 있겠습니까? 자신을 찾을 수 있겠습니까? 대답은 그 사람의 성숙 정도를 표현하지 못해요. 질문이 표현합니다. 대답은 그 사람의 수준을 반영하지 못하지요. 질문이 반영합니다.

자기를 만나는 법

"왜 상상력이 부족한가?"라는 물음에 가장 원초적인 대답은 아마 "질문을 시도하지 못하기 때문" 정도일 겁니다. 그럼, 왜 질문을 하지 못한다고요? 바로 자기가 없기 때문이겠죠. 왜 자기는 자기에게서 사라져 버렸는가? 아마 구체적인 기능 상에서 말한다면, 자기가 자기를 만날 기회를 박탈당한 것도 중요한 이유가 될 것입니다. 자기를 대면할 수 있는 기재를 점점 잃어버리는 거지요.

저는 자기를 대면할 수 있는 기재 가운데, 가장 중요하고 효과적인 것으로 글쓰기를 듭니다. 여러분 모두 잘 아시겠지만, 연애편지가 글쓰기 가운데 제일 어렵지 않나요? 왜 그럴까요?

아마 의욕이 넘치니까 그럴 거예요. 바라는 게 넘쳐서 할 말이 과잉되기 일쑤죠. 할 말 이전에 우선 감정이 극도로 부풀어져 폭발 직전이니까요. 그렇기 때문에 연애편지는 잘 써질 수가 없어요. 그래서 기막히게 잘 쓴 연애편지는 대개 대필된 것입니다. 대신 써 주는 사람은 평정을 유지할 수가 있겠죠. 자기 일이 아니니까요.

글자는 영혼이 세상에 직접 강림하기 어려워 머릿속에서 몇 번 저마한 후, 팔뚝을 거쳐 팔목을 타고 흐르다가 하얀 종이 위에 떨어져 여러 가지 모양으로 응고된 것입니다. 영혼의 세속화죠. 그래서 글을 쓴다는 것은 바로 자기 자신을 표현하는 일입니다. 몸속에만 머물기 버거운 영혼이 밖으로 뛰쳐나온 것, 그것이 바로 글이죠. 글은 솔직하게 써야 제대로 나옵니다. 진실하게 텅 빈 마음으로 자기를 드러나게 할 때라야 제대로 된 글이 나오죠. 그래서 힘이 잔뜩 들어간 대낮에는 글이 잘되지 않아요. 술이나 생활에 지칠 정도로 부대끼고 나서, 육신에 힘이 빠지고 온갖 것이 다 포기된 다음에라야 글이 잘 써지죠. 오로지 자기 자신만 고독하게 남은 새벽에 글이 잘 써지는 이유도 바로 여기에 있는 것 같습니다.

글을 읽으면서 독자는 글을 쓴 그 사람을 만납니다. 글 쓴 사람이 바로 '자기 자신'을 썼기 때문이지요. 글을 쓰면서 사람들은 자신과 대면합니다. 이 점이 중요해요. 글이 잘 써지지 않는 것은 자신이 자기에게 잘 드러나지 않는다는 것입니다. 글이 잘 써진다는 것은 오직 자신만이 등장하여 움직이고 있다는 뜻일 겁니다. 그래서 문체의 차이는 바로 인격의 차이를 드러냅니다. 글쓰기가 사라졌다는 것은 자신을 대면할 수 있는 훌륭한 장치 하나를 버렸다는 말과 같습니다. 자신을 만나고 싶은가요? 글을 써 보세요. 아직 스스로 글을 쓰는 것이 힘들다면 최소한 다른 사람의 글을 베끼는 연습이라도 하세요. 꿈을 이루고 싶은가요? 자신과 약속하세요. 자신과의 약속은 생각으로만 되지 않습니다. 글로 쓰면 자신과의 약속이 더 선명해집니다. 이루고 싶은 꿈을 생각으로만, 말로만 하지 말고, 글로 써 놓으십시오. 인간은 글을 쓸 때 자기를 만납니다.

글쓰기를 통해서 자기와 대면하는 훈련을 받은 사람들은 훈고訓詁의 늪에서 허우적대는 일에 만족하지 않고 서늘한 기운을 진 채 새벽 손님처럼 다가오는 '문제'를 부담 없이 받아들일 수 있게 될 것입니다. 그 문제를 손님처럼 대접하며 이런저런 얘기를 나누는 일이 상상하는 일이고, 그 문제를 붙잡고 나누었던 상상을 구체적으로 시도하는 것을 우리는 창의성이라고 합니다. 자기가 주인으로 등장하는 것이죠.

자기를 대면할 수 있는 또 하나의 좋은 장치는 바로 운동입니다. 인간은 운동을 해야 합니다. 숨이 목까지 차올라 옅은 피 냄새가 올라올 정도까지 죽어라 달려 봐야 해요. 한 발짝만 더 뛰면 죽을지도 모르겠다는 생각이 들 때, 한 발짝을 더 떼어 봐야 합니다. 그러면서 자기 코를 통해서 나오는 자기 땀 냄새를 맡아야 해요. 이때 자신의 영혼에는 온통 자신으로만 가득 찹니다. 이때 자기를 느끼는 거죠. 운동은 자기를 찾는 겁니다. 한계 속에서 자기를 만나는 겁니다.

또, 산행할 때를 생각해 봅시다. 숨이 꼴까닥 넘어갈 듯하여 이른바 '깔딱고개'라 불리는 고갯마루를 넘어서야 희열을 맛볼 수 있습니다. 우리는 수많은 깔딱고개들을 넘어야 합니다. 숨이 꼴까닥 넘어가기 직전의 한계 상황에서 한 걸음을 내디뎌야 합니다. 한 걸음만 더 내디디면 숨이 끊길 것 같은 고통이 찾아오지요. 하지만 이 순간 오히려 자기가 살아 있다는 사실이 자기에게 확인됩니다. 숱한 깔딱고개들 위에서 자기를 만나야 해요.

여러분, 이것을 꼭 기억해 주시길 바랍니다. 머리를 굴리고 혀를 놀려서 뱉어 내는 말들로는, 근육에 맺히는 땀으로 배운 것을 절대로 당해 낼 수 없어요. 책 속에는 길이 없어요. "책 속에 길이 있다"는 말에 속지 마세요. 책 속에는 책을 쓴 그 사람이 생각한 길이 있을 뿐이지, 그것이 나의 길은 아니에요.

다만 앞선 이들이 고뇌한 흔적을 엿보고 힌트를 얻으면 족할 뿐, 책 속에서 여러분 자신의 진리를 구하지는 마세요. 다른 이의 이야기를 내 것인 양 받아들이지 마세요.

책에서 읽은 다른 이의 말을 나의 언어로 둔갑시켜 차용하지 마세요. 다른 이의 말을 빌려서 내 욕망을 드러낼 필요는 없습니다. 그냥 그런 좋은 말들은 듣고 난 뒤 씹어서 뱉어 버리세요. 여러분이 지금 읽고 있는 이 책도 여러분의 말이 아닙니다. 읽고 나서 버리던가, 남을 주던가, 아무튼 몸 밖으로 뱉어 버리세요.

몸을 움직여서 한계를 경험할 때라야, 자기를 극한의 경계선에 서 보게 할 때라야, 자기의 의식 속으로 오히려 자기 자신이 성큼 드러납니다. 자기가 자기를 꽉 채우는 이 경험, 오로지 자기 자신이 자신으로만 남는 일입니다. 자기를 몸으로 느낄 때가 자신에게는 가장 현실적입니다. 운동은 단순히 체력을 기르기 위해서 하는 게 아니라 자기가 자기를 대면하는 가장 극적인 장치입니다. 헐떡거리는 숨소리, 자기 몸에서 분비되어 자기 코로 다시 돌아오는 땀 냄새, 심장을 터지게 할 것 같은 박동, 모두 자기가 살아 있다는 것을 자기에게 보여주는 극적인 증거들입니다. 운동하면서 보이는 자기보다 더 극적인 자기가 있을까요?

제가 여러분들에게 마지막으로 제안하는 '자기를 대면할 수 있는 장치'는 낭송입니다. 옛날에는 좋은 사회를 묘사할 때 "글 읽는 소리가 마을마다에 울려 퍼졌다"는 표현을 하곤 했습니다. 소리 내서 읽는 거지요. 바로 낭송입니다. 낭송은 눈으로만 읽는 것이 아니죠. 바로 소리를 내서 읽은 다음, 그것이 다시 내 귀에 들어오도록 하게 하는 것입니다. 낭송을 하면 읽은 내용이 육체적인 감각을 건드려 내면화하게 됩니다. 육체적 내면화라고 할까요? 아는 내용이 육체화하는 것을 체득이라고 합니다. 터득을 해야 지식이 실천되겠지요. 체득되지 않은 지식은 머릿속에 잠시 머물다 사라져 버려요. 아무런 변화도 일으키지 못하지요.

책을 읽을 때 한번 소리 내서 읽어 보세요. 소리 안 내고 눈으로 읽으면 읽을 땐 다 아는 것 같지만, 한번 써 봐라, 그러면 못 쓰죠. 그런데 낭송을 한 다음에, 써 봐라, 그러면 다 쓸 수 있어요. 왜 그런 걸까요? 자기가 읽은 내용이 소리를 통해 나갔다가 자기한테 다시 돌아와서 육체화되었기 때문이에요. 즉 자기가 작동하기 때문이에요.

낭송이 사라졌다는 것은 글 읽는 과정에서 정신만 사용하고 육체를 사용하지 않는다는 것입니다. 이성과 감성이 원래 둘로 나뉘지 않는 것이지만, 멋대로 나눈 후 이성만 사용하고 감성을 사용하지 않는다는 것이기도 하죠. 낭송을 통해 육체화의 과정을 회복할 수 있습니다. 체득을 실현할 수 있죠. 자기가 등장한다는 사실입니다.

독립적 주체가 되는 일은 육체성을 확인하지 않고는 불가능한 일입니다. 육체를 통해서만 인간은 타인과 구체적이고 현실적으로 구별되니까요. 글쓰기, 낭송, 운동을 주체의 자각을 가능하게 하는 중요한 방식으로 강조하는 것도 바로 이런 의미에서입니다. 글쓰기, 낭송 그리고 운동은 모두 육체성을 발휘하는 장치이기 때문입니다. 글쓰기를 하고 자주 시간을 내어 낭송을 하며 항상 운동으로 자신을 단련하면서 사는 사람이 있다면, 그냥 듣기만 해도 얼마나 윤기 나는 사람입니까?

욕망, 장르를 만드는 힘

오늘날 한국이란 나라의 화두는 무엇이라 생각하나요? 저는 현대 한국의 화두는 상상력, 창의성이라고 봅니다. 상상력과 창의성은 다양한 형태의 성취를 가능하게 해주는 것들이기도 하지만, 더 궁극적으로는 삶 자체를 행복으로 인도해 주는 길이기도 합니다.

앞에서 계속 이야기했지만, 상상력과 창의성은 질문에서 시작됩니다. 질문은 욕망이 작동해야 가능하겠죠? 욕망은 자기가 자기로 존재하는 터전이에요. 이 터전을 잡고 있는 삶은 주도적이고, 일류이며, 행복하며, 역동적입니다. 이 터전을 잡고 있는 개인들이 많이 모인 사회도 그러하고요.

이런 질문을 한번 해보죠. 여러분은 근대인입니까? 현대인입니까? 당연히 현대인이라고 대답하시겠죠? 여러분이 상대하는 고객이나 여러분들이 관리해야 하는 조직 구성원들은 현대인입니까? 근대인입니까? 역시 현대인이라고 대답하시겠죠? 그럼 여러분 자신이나 여러분이 상대하는 사람들이 모두 현대인이라고 할 때, 어떤 점에서 근대인이 아니라 현대인이라고 합니까? 현대인은 근대인과 달리 무엇을 욕망합니까? 현대인은 어떻게 대우해 줘야 더 좋아하는 유형입니까?

사실 이런 질문에 답을 하는 분들이 거의 없습니다. 이런 질문 자체를 시도해 보지 않았기 때문이죠. 현대인의 욕구를 가장 민감하게 궁금해 하는 기업들의 임원들도 이런 질문은 하지 않더군요. 물론 이런 질문이 꼭 있어야 현대인에게 적절히 대응할 수 있는 건 아닐 수도 있지요. 왜냐하면, 의식하지 않고도, 즉 질문하지 않고도 감각적으로 반응하는 사람들도 많기 때문입니다. 또 그 감각적인 반응이 매우 제대로 된 경우가 많거든요. 세상살이는 어떻게 하다 보니 딱 들어맞았다고 하는 경우들이 더 많을 수도 있지 않습니까? 하지만 개인 개인들의 경우에는 이럴 수도 저럴 수도 있겠지만, 이런 태도가 한 사회의 전체적인 분위기라면 좀 비판적으로 볼 필요가 있습니다.

현대인을 상대로 일을 하면서, 그 상대들을 대상으로 전략을 세웁니다. 판매 전략이나 설득 전략 등등이 있을 테지요. 그런데 상대의 정체를 모르고 세운 전략이 정말 효과적인 전략이 될 수 있을까요? 사실 기업들의 많은 전략이 이러하더군요. 기업만 그런 것이 아닐 수도 있겠죠. 새로운 정책이 나올 때도 이것이 정말 현대적인가라는 의심이 들 때가 많습니다. 현대적인가라는 말은 바로 미래를 잘 준비한다는 뜻이겠지요? 미래를 준비한다고 하면서 현대의 정체를 모른다면, 미래를 정말 잘 준비할 수 있을까요? 현대에 대한 적절한 대응이 바로 미래 전략입니다.

그런데 현대란 무엇인가라는 질문은 사실 미래는 어디로 갈 것인가, 문명의 방향은 어디를 향하고 있는가라는 질문들과 매우 밀접하게 연관됩니다. 그런데 한국은 지금까지 이런 질문에 명확히 대답하고 나서야 살 수 있는 나라가 아니었습니다. 그런 질문이 없이도 살 수 있는 수준의 나라였어요. 그런 수준의 질문이 굳이 필요 없는 나라였다는 말이지요. 왜냐하면, 이런 질문은 주로 선진국에서 하거든요. 선진국이 현대의 정체를 진단하고 미래의 방향을 예측하고, 거기에 맞는 제도나 물건을 만들죠. 그러면 그 다음 수준의 국가들은 그것을 따라서 합니다. 선진국에서 만든 문명의 비전을 수행해 주는 거지요.

이때 문명의 방향 자체에 질문을 던지는 수준이 되면 물건을 생산하는 것이 아니라 장르를 개척합니다. 앞에서 이야기한 대로 자동차를 생산하는 것보다, '자동차'라는 장르를 개척하지요. 만년필을 생산하는 것보다는 '만년필'이라는 장르를 개척하는 것입니다. 이런 일은 욕망, 질문, 예민함 등등이 작동하는 데서만 일어날 수 있는 일입니다. 대답만 하는 인재로 채워진 사회에서 장르의 개척은 불가능합니다. 모범생들은 할 수 없는 일들이에요. 파괴적이고 불만덩어리이며 비체계적인 인재들에게서나 기대되는 일들입니다. 흔히들 우리는 스스로 우리를 문화 민족이라고 합니다. 문화 민족은 문화적 분위기가 사회를 주도할 수 있을 때, 비로소 문화 민족이라고 할 수 있겠지요. 문화라는 것이 바로 인문이 구체화된 현상입니다. 인간이 그리는 무늬人文가 구체적으로 드러난 것이 문화이지요. 문화가 정치나 제도 혹은 산업들과 유리되어서, 다른 하나의 분야로 따로 존재하는 한 문화 민족이 될 수는 없습니다. 문화가 곧 산업이고 정치의 성숙화이고 제도의 선진화와 관련된다는 것을 알아챌 수 있는 수준, 이것이 바로 일류입니다.

지금 한국에서는 박근혜 정부가 새로 들어서서 '미래창조과학부'라는 부서를 새로 만들었습니다. 야심차게 미래를 준비하겠다고는 하지만, 여기에 '인문'이 빠져 있습니다. 새로 정부를 구성하면서, 인문에 관련된 발언을 어디에서도 들을 수 없더라고요. 지금 우리에게 매우 중요한 일인데도 말이죠. '미래', '창조', '과학'이 '인간의 동선人文'에 대한 통찰이 없이도 정말 가능할까요? 혁명을 하더라도 문화를 등에 업고 혁명을 할 정도가 되어야 합니다.

시카고 대학에서 노벨상 수상자가 그렇게 많이 나오는 데에는 나름 이유가 있다고 합니다. 1890년 미국의 대부호 록펠러가 세운 시카고 대학은 1929년 로버트 허친스 총장이 취임하면서 일대 전환을 이루죠. 바로 인문 고전 독서를 내용으로 하는 '시카고 플랜The Great Book Program'을 세운 거예요. 어떤 분야의 학생이든지 졸업 때까지 100권의 인문 고전 도서를 읽어야 하는 것이죠. 이런 교육 결과 때문에 시카고 대학에서 그 많은 노벨상을 받게 되었다는 것이 중론입니다. 사회나 세계의 흐름을 꿰뚫지 않고서 진정한 변화나 창조는 불가능하지요. 여기서 말하는 사회나 세계의 흐름이란 바로 '인간이 그리는 무늬'의 방향입니다. 흐름을 모르면서 하는 변화의 시도는 그냥 수선피우는 것에 불과합니다.

자, 그러면 장르라는 것이 어떻게 탄생하는지 볼까요? 힙합이라는 장르를 예로 들어 봅시다. 1970년대 뉴욕 빈민가 뒷골목에서 오갈 데 없는 흑인 청년들이 자기들의 리듬감과 자기들의 신체적 조건, 자기들의 경제적 조건에 맞춰서 그냥 자기들 맘대로 즐긴 거예요. 디제이들이 음악의 간주 부분만 반복해서 틀어 준달지, 그 반복된 간주 부분에 맞추어 독특한 춤을 춘달지 하면서 거기에 자신들의 감정을 실은 거지요. 그런데 중요한 것은 그들이 그들만의 정서를 그들만의 방식으로 표현했다는 점입니다. 여기에 어떤 외부적 간섭도 발을 들여놓지 못했습니다. 그들이 놀면서 음악이란 것은 무엇이어야 한달지, 춤이란 것은 무엇이어야 한달지 하는 것을 고려해서 시작했다면, 절대 지금처럼 힙합이라는 장르는 탄생하지 못했을 겁니다. 그들은 "우리는 무슨 노래를 불러야 하지?", "우리는 어떻게 춤을 춰야 하지?", "논다는 건 어떤 거지?" 따위의 질문을 전혀 하지 않았습니다. 자기들이 하고 싶은 대로, 놀고 싶은 대로, 욕망이 이끄는 대로 하였던 것, 이것이 힙합이라는 장르의 출생 인자입니다. 장르는 이렇게 탄생합니다.

개그맨 김병만 씨가 어떤 텔레비전 프로그램에 나와서 하는 얘기를 들었습니다. 이런 말을 하더군요. "내가 이렇게 해도 사람들이 웃지 않고, 저렇게 해도 웃지 않더라. 그래서 에라 모르겠다, 그냥 내가 하고 싶은 대로 해버리자. 그러니까 웃더라."

자기가 하고 싶은 대로 해야 합니다. 그런데, 왜 자기가 하고 싶은 대로 못하는가? 대답만 할 줄 알기 때문에 그래요. 또다시 말하면, 튼튼한 자기 검열 시스템에 의해서 자기가 관리받고 있기 때문이에요. 바로 체계, 이념, 지식, 가치관, 신념 등등 아니겠어요? 이러한 자기 검열 시스템에 의해 세계를 보면 인문적 더듬이는 성장할 수가 없죠. 인문적 통찰은 불가능해요. 인문적 통찰을 갖는 사람들은 어떤가요? 자기가 자기로 살아 있는 사람들은 어떤가요? 예민함을 유지합니다. 욕망이 꿈틀거립니다. 그런 사람이 장르를 만듭니다.

장르는 나의 이야기에서 흘러나온다

　앞에서 저는 욕망이 꿈틀대는 사람이 장르를 개척한다고 말했는데요, 어떠신지요? 고개가 절로 끄덕여지나요? 아니면 그건 아무나 할 수 없는 일인 듯 멀게만 느껴지는 얘기인가요?

　살아 있는 욕망과 질문하는 힘이 있어야 자신만의 장르를 만들어 갈 수 있다는 제 이야기를 좀 더 구체적으로 풀어 보겠습니다.

　독일의 철학자 칸트는 이런 말을 했다고 합니다.

　"자기가 아는 것을 예로 들어서 설명하지 못하면, 그건 모르는 것이다."

사실 우리는 지금까지 '논증'이나 '웅변'이나 '주장'이 횡행하는 시대를 살아왔지, '이야기'의 시대를 살지 못했어요. 안타깝지만 사실이에요. 그럼, 왜 우리는 이야기의 시대를 살지 못했을까요? '내'가 아닌 '우리'의 시대, 집단의 시대를 살아왔기 때문이지요. 이야기는 어디에 있습니까? 할머니가 계시던 아랫목에 있고, 조그만 샛길에 있고, 저잣거리에 있고, 공원 벤치에 있지요. 학교와 광장과 조직 속에는 이야기 대신 논증과 주장들이 있습니다.

지금까지 인류 역사의 한편에는 지성과 이성, 또 한편에는 쾌락과 즐거움이 있었습니다. 지성과 이성이 지배하는 곳은 집단이 지배하는 곳이지요. 즉 우리, 관념, 이념 따위가 지배하는 곳이었어요. 반면 쾌락과 즐거움은 어디에서 찾을 수 있나요? 집단 또는 우리가 아니라 나에게서 확인됩니다.

이제 미래는 집단 속에 용해된 내가 아니라 나의 주도적 활동성이 우리를 이루는 방향으로 나아가야 합니다. 여기에는 논증이나 설득 대신에 이야기가 개입되어야 해요. 이야기를 할 수 있을 때, 이야기를 하는 곳, 바로 그때와 그곳에 자기가 존재합니다.

이를테면, 거짓말 하지 말라는 가르침을 주는 엄밀한 논문 한 편 읽게 한다고 거짓말쟁이를 고칠 수 있을까요? 그보다는 피노키오 이야기 한 편 들려주는 게 더 좋겠지요. 이야기로 들려주어야 훨씬 더 설득력이 있습니다. 논문에는 감동이 없지만, 이야기에는 감동이 있습니다. 왜냐? 이야기에는 '내'가 있기 때문이에요. '내'가 '나'로 존재하면, 거기에는 여백이 존재하여 다른 '나'들이 참여할 수 있습니다. 다른 '나'들과 공존할 수 있습니다. 이야기가 감동을 주는 이유는 이야기를 하는 활동 속에는 이야기 하는 사람이 '나'로 존재하여, 다른 '나'가 끼어들 수 있는 공간을 준비해 두기 때문이지요. 이야기하는 공간 속에서라야 '내'가 다른 '나'를 맞이하고 소통할 수 있습니다. 이야기에 감동의 힘이 있는 것은 이런 이유지요. 그런데 논문에는 혹은 주장에는 '내'가 있는 대신에 진리라는 얼굴을 한 보편적인 이념이 주인 자리를 차지하고 있기가 십상이지요. 여기에는 주장하는 사람 외에 다른 누군가가 끼어들거나 참여할 공간이 전혀 준비되어 있지 않습니다. 여백이 없는 것이지요. 논증이나 주장에서 '여백'이란 치명적인 결함으로 읽히거든요. 논증이나 주장은 '우리' 것의 테두리 안에서 형성되지 '나'의 것이 아닙니다. 되풀이하건대, 우리는 나를 가두는 우리입니다. '나'는 '우리'를 이겨 내고 내가 되어서 자기만의 꿈, 자기만의 행복, 자기만의 미래를 이야기할 수 있어야 합니다.

제가 가끔 대학원 수업에서 리포트 숙제를 내준 다음, 학생들에게 자기가 쓴 리포트를 발표해 보라고 합니다. 이때 조건이 있어요. 준비된 리포트를 읽지 마라, 책상 위에는 아무것도 두지 말고 이야기를 해보라. 학생들 대개는 말문이 막히고 끙끙거립니다. 학생들이 저를 미워하는 제일 큰 이유인 것 같아요. 하지만 그중에는 순간의 막막함을 금세 떨쳐 내고 자유롭게 자기만의 이야기로 술술 풀어내는 학생도 있습니다. 이야기로 할 수 없는 것, 그건 자기의 것이 아니에요. 이야기로 할 수 있는 것만이 자기의 것입니다. 자기가 제출한 리포트를 이야기로 전달할 수 있는 학생은 장르를 만들 수 있는 준비가 된 것이겠지요. 그리고 이런 사람이 리더로 성장합니다.

　저는 여러분들께 이렇게 말씀드리고 싶습니다.

　자기로부터 나온 나만의 이야기가 아닌 것은 힘이 없습니다.

　자기로부터 나온 나만의 이야기가 아니면 행복하지 않습니다.

　자기로부터 나온 나만의 이야기가 아니면 아름답지도 창의적이지도 않습니다.

　나로부터 나오지 않은 것은 어떤 것도 완벽하지 않습니다.

　아시겠죠? 장르는 자기로부터 나온 이야기에서 흘러나옵니다.

욕망을 욕망하라

『월든Walden』으로 우리에게도 잘 알려진 소로우Henry David Thoreau는 말합니다.

> 내일 아침에 할 산책이 그리워서 잠을 설치지 못하고,
> 파랑새 우는 소리에 전율을 느끼지 못하거든,
> 깨달아라.
> 너의 봄날이 가고 있다는 것을.

이 글은 박노해의 수필집 『사람만이 희망이다』에 나오는 소로우의 글을 제가 조금 각색한 것입니다. 사람이 살아 있다는

것은 예민함이 살아 있다는 말과 같습니다. 갈수록 이것을 봐도 시큰둥하고, 저것을 봐도 시큰둥하다면 내적 활동성이 이미 죽어가고 있기 때문일 것입니다. 아침 산책이 그리워서 잠을 설칠 정도의 예민함, 파랑새 우는 소리에 전율을 느낄 정도의 예민함은 있어야 살아 있다고 할 수 있다는 거예요. 예민함이 살아 있다는 것은 욕망이 살아 있다는 뜻이지요.

비 오는 날 오후에 소주 한잔 생각 안 나면 죽은 목숨이에요. 첫눈 내리는 날 아련한 옛사랑 생각 안 나면 죽은 목숨이에요. 비오면 옷 젖을 생각에 짜증나고, 눈 오면 미끄러질 생각에 근심만 하면 죽은 목숨이란 말이죠. 항상 예민함이 유지되어야 해요.

해마다 봄이 옵니다. 여러분은 여태 몇 번의 봄을 보내셨나요? 스무 번 이상의 봄을 맞이하고 보냈다 칩시다. 그렇다면 여러분은 이 스무 번의 봄 가운데 새싹이 돋아나려는 그 순간을 몇 번이나 보셨는지요? 새싹인 것도 아니고, 아직 새싹 아닌 것도 아닌 그 순간을 본 적이나 있으신지요? 봄날이 다가오면 우리 주위에 지천으로 깔려 있지요. 예민함이 유지되는 사람은 이념이나 개념에 이끌리지 않습니다. 바로 새싹 같은 구체적인 세계와 직접 접촉합니다.

우리는 춥고 눈 내리는 겨울이 지나고, 온기가 대지를 채워갈 때쯤, 흔히들 "봄이 왔다!"고 말합니다. 그런데, 정말 '봄'이라는 것이 존재하기는 하나요? 그렇지 않습니다. '봄'은 실재하지 않습니다. '봄'은 없어요. 그냥 개념일 뿐이죠. 얼음이 풀리고, 땅이 부드러워지고, 새싹이 돋고, 푸른 잎이 펼쳐지고, 처녀들 가슴이 두근거리는 사건들이 벌어지는 그쯤 어딘가에 그냥 두루뭉술하게 '봄'이라는 이름표를 달아 준 것에 불과한 거예요. "봄이 왔다!"라는 말은 진정한 의미에서 감탄의 언사가 될 수 없어요. 건성건성 얼버무리는 것 이상이 아니에요. 익숙한 개념을 그저 답습하여 대충 말해 놓고, 무슨 큰 느낌이나 받은 것처럼 착각하는 거지요. 사실은 자기기만입니다.

진정으로 봄을 느끼는 사람은 "봄이 왔다!"라고 대충 말하지 않아요. '봄'이라는 개념을 무책임하게 내뱉지 않아요. 대신 봄을 구성하는 구체적 사건을 접촉하려 하죠. 얼음이 풀리는 현장으로 다가가, 풀려 가는 얼음에 손을 대 봅니다. 새싹이 돋는 그 순간을 놓치지 않고 찾아가 풀어지는 땅의 온기를 살갗이나 코로 직접 느낍니다. 봄을 그저 '봄'이라 하지 않고, 자신이 직접 참여하는 자기 자신만의 고유한 사건으로 만들어 내는 것이죠. 얼마나 품격 있는 삶입니까? 봄을 개념으로 말하는 사람과 봄에 일어나는 사건을 직접 경험하는 사람 사이에 나타나는 성숙과 인격의 깊이 차이는 하늘과 땅 차이만큼 벌어집니다.

　만일 당신의 연인이 편지를 보내왔는데, "봄이 왔다!"는 말로 시작한다고 합시다. 안타깝게도 당신을 아주 깊은 곳에서부터 사랑하지는 않을지도 모릅니다. 좀 건성으로 말하고 있네요. 당신을 심연의 깊은 곳에서부터 우러나는 감정으로 사랑한다면, 아마 이렇게 대충 말하지는 않을 겁니다. 진정한 사랑은 사람을 최고도로 예민하게 만들죠. 고도의 예민함을 갖게 되면 개념이 보이지 않습니다. 개념 이전의 사건이 직접 경험되지요. 자기가 만졌던 풀려 가는 얼음을 얘기하거나 직접 관찰한 새싹 위에 맺힌 이슬에 대해서 말해 줄 것입니다. 혹은 당신을 데리고 직접 봄기운이 올라오는 흙냄새를 맡게 해주고 싶어 할지도 모르죠. 진실은 매우 구체적인 거거든요.

　그렇지요? 예민함이 유지되는 사람은 "봄이 왔다"고 말하지 않아요. 직접 새싹을 보지요. 예민함이 유지되는 사람은 이론을 보지 않아요. 문제를 봐요. 예민함이 유지되는 사람은 이성적 대답을 하지 않아요. 욕망에 기초한 질문을 해요. 문제에 집중하고, 일상에 집중하고, 구체에 집중하는, 이런 예민함이 유지되는 사람들은 유연해요. 욕망이 활동하기 때문이에요.

명사로는 계란 하나도 깰 수 없다

저는 어렸을 때, 〈톰과 제리〉라는 만화영화를 아주 재미있게 보곤 했습니다. 작고 어린 쥐 제리와 크고 못된 고양이 톰 사이에 옥신각신 벌어지는 다양한 얘기들이지요. 근데요, 자세히 보면 정작 못된 놈은 제리일 때가 많아요. 이야기 구성이 대개는 제리가 톰을 약 올리고, 약이 오른 톰이 제리를 쫓다가 결국엔 당하는 식이거든요. 계속 골탕 먹는 톰이 불쌍했어요.

자, 그날도 제리가 톰을 간죽간죽 약 올립니다. 화가 난 톰이 죽어라 쫓아가지요. 쫓아가고 또 쫓아가는데 제리가 살짝 피합니다. 그러면 맹렬히 달려오던 톰이 벽에 부딪쳐서 찰싹 달라붙어요. 마치 종잇장처럼 벽에 달라붙습니다. 종잇장 모양으로 달라붙어서 잠시 머무르던 톰이 서서히 미끄러져 내리기 시작하지요. 이미 톰은 거의 사망의 경지인지라, 자신을 포기한 상태가 되어 있습니다. 벽을 타고 흘러 내려오는데, 벽에 있는 굴곡과 모양을 모두 경험(!)하면서 내려오지요. 다 흘러 내려와 바닥에 종잇장처럼 쭉 뻗어 있던 톰이 1~2초가량 그대로 있다가는 툭툭 털고 일어나면서, 원래 모양을 회복합니다. 이것이 〈톰과 제리〉에 가장 자주 나오는 장면 같아요.

근데요, 이 이야기 속에서 만약 톰이 자기의 원래 모습인 고양이 형상을 그대로 유지하고 있었다면 벽에 있는 모든 굴곡과 세세한 틈새 등을 경험이나 할 수 있었겠어요? 그런 데에 관심을 가질 필요도 없지만, 자기 모습 그대로는 접근도 할 수 없지요. 톰이 기절해서 자기 몸의 형태를 포기했기 때문에 비로소 그 모든 굴곡이나 세세하게 갈라진 틈새들을 다 경험할 수 있게 된 것입니다.

대학 다닐 때 친구의 자취방을 찾아가 내기를 한 적이 있어요. 내기에는 그날 저녁의 식사와 술이 걸려 있습니다. 그 당시에 자취집은 마당에 수도가 있고, 그것을 공동으로 사용하면서 세수도 하고 빨래도 하고 그랬지요. 그런데 그 수돗가에 공동으로 사용하는 세숫대야가 있습니다. 모양은 주둥이가 크게 밖으로 벌어졌고, 재질은 스테인리스로 된 거예요. 제가 말합니다.

"내가 계란을 이 방 어딘가에 놓을 텐데, 그러면 네가 저 세숫대야로 그 계란을 깰 수 있겠니, 없겠니? 네가 깨면 내가 밥도 사고, 술도 사 주마. 만약 못 깬다면 네가 다 사라."

친구는 한참을 생각하다가 깰 수 있겠다고 합니다. 그러면 저는 그 계란을 어디에다 놓을까요? 저는 계란을 두 벽과 방바닥이 만드는 바로 그 모서리의 구석에다가 얌전히 가져다 놓습니다. 그러면 그 친구가 세숫대야를 가지고 와서 이렇게도 해보고 저렇게도 해보는데 도저히 그 구석까지는 닿을 수가 없어요. 결국 제가 이깁니다.

그런데 계란을 깰 수 있는 방법이 하나 있지요. 뭘까요? 그것은 세숫대야가 자기 모습을 포기하는 것입니다. 자기 모습을 포기하고 찌그러지면 그 모서리에 닿을 수 있겠죠. '자기 포기!' 계란을 깨뜨릴 수 있는 유일한 방법입니다.

세계는 잠시도 정지하지 않습니다. 항상 움직여요. 그런데 인간의 사유, 개념, 지식은 모두 정지되어 있어요. 틀이 갖추어져 있지요. 명사형이에요. 이 특정한 틀을 포기하는 유연성이 확보되지 않으면 계란 하나도 깰 수 없어요. 지식과 이념의 틀로부터 벗어나서 유연성을 발휘할 수 있게 하는 것이 무엇이냐? '힘'이에요. 바로 '주체력'이고 '덕'이에요. '욕망'의 친척들이지요. 거듭 강조하건대, 인문적 통찰은 명사 형태로 시멘트 콘크리트처럼 단단하게 굳어 가는 틀을 자기가 뚫고 나올 수 있을 때만 비로소 가능해집니다. 대답하는 주체에서 질문하는 주체로 전변해야만 가능한 일입니다.

이성에서 욕망으로, 보편에서 개별로 회귀하라

　우리의 인문학 산책이 어느덧 갈무리되고 있군요. 여러분과
제가 함께 인문의 숲을 거닐며 나눈 얘기를 간단히 곱씹어 보
겠습니다.
　인문학은 인간이 그리는 무늬, 인간의 결 혹은 인간이 움직
이는 동선을 파악하는 학문이라고 했지요? 그리고 그 무늬와
동선을 자신의 총체적인 능력으로 일거에 알아채는 능력을 통
찰이라고 했습니다. 우리에게는 그 통찰이 필요합니다. 그런데
왜 우리는 인문적 통찰을 발휘하지 못할까요? 바로 자신을 지
배하는 틀을 스스로 만들고, 거기에 자발적으로 지배되기 때
문입니다. 자신이 자신의 삶을 영위하는 것이 아니라, 자신의

견고한 틀이 시키는 대로 하고 있는 것이지요. 그래서 마주치는 새로운 사태나 흐름에 대하여 '좋다!' 또는 '나쁘다'와 같은 가치론적 판단만 하게 되는 것입니다. 이런 과정에서 자신은 충일해지기보다는 자발적으로 고갈됩니다. 감정적인 차원에서만이 아니라 창의성이나 지성적인 측면에서까지 고갈은 연쇄적으로 일어납니다. 행복하지 않은 이유이지요.

인문적 통찰은 우리 앞에 등장하는 사태나 사건을 인간이 그리는 무늬 위에다가 올려놓고 볼 수 있는 능력입니다. 다시 말하면, 보고 싶은 대로 보거나 봐야 하는 대로 보는 것이 아니라, 보이는 대로 볼 수 있는 능력입니다. 그런데 이 능력은 자신이 고갈되는 길목에 서 있지 않을 때에만 가능합니다.

그럼 그 값진 능력은 어디에서 오는가? 이성에서 오지 않습니다. 체계에 대한 습득에서 오지 않습니다. 본질에 대한 숭배에서도 오지 않습니다. 정치한 계산 능력에서 오지 않습니다. 이념에 대한 철저한 수행에서 오지도 않습니다. 그것은 종합적이며 근본적이며 본능적이고 원초적인 능력에서 옵니다. 오히려 욕망에서 옵니다. '사유'에서가 아니라 '힘'입니다. 우리는 그것을 '덕'이라고 했습니다.

개인의 삶뿐만 아니라, 인류의 진보는 모험과 창의성과 역경의 감내로 이루어집니다. 바로 통합적인 힘이 발휘되는 것이지요. 이 힘이 우리를 대답에만 빠지지 않고 질문을 할 수 있게 해줍니다. 지식을 지혜로 바꿔 줍니다. 지식의 양을 자유와 행복으로 바꿔 주기도 하지요. 인격적 완성을 도와주기도 합니다. 이 통합적인 힘이 바로 욕망입니다. 자신에게만 있는 비밀스런 충동입니다. 이 충동의 충격에 의해 자신이 비로소 자신이 되는 것입니다. 보편과 집단과 이념에서 벗어나 개별적 자아의 욕망을 회복해야 합니다. '우리'는 '나'를 가두는 우리입니다. 우리 속에 갇혀 자신이 우리의 일부로 녹아들면 안 됩니다.

제가 첫 번째 인문의 숲에서 읊었던 시를 한 번 더 들려 드리죠. 처음과는 다른 울림으로 다가올 겁니다.

춤춰라
아무도 보고 있지 않은 것처럼
사랑하라
한 번도 상처받지 않은 것처럼
노래하라
아무도 듣고 있지 않은 것처럼
일하라
돈이 필요 없는 것처럼
살아라

오늘이 마지막 날인 것처럼

자, 이제 여러분들과 함께한 인문의 숲 산책이 끝나 가는군요. 제가 즐거웠던 만큼 여러분들도 즐거우셨나요? 아쉽지만 저와의 동행은 여기까지입니다.

제가 지금까지 여러분들과 나눈 긴 이야기들은 하나의 문장으로 압축될 수 있습니다. 이제부터 각자 거니는 인문의 숲 속에 이 한마디 말이 메아리가 되어 울린다면 저는 더없이 기쁠 겁니다.

"오직 자신으로 돌아가라!"
그리고
"오직 자신의 욕망에 집중하라!"

인문의 숲 속에 머물며
욕망으로 새기는 인간의 무늬

　욕망은 내가 살아 있다는 사실을 확인할 수 있는 최전선입니다. 삶의 무늬는 죽으나 사나 '나'의 무늬여야 합니다. 이는 선택이 아니라 그냥 그런 것입니다. 그렇지 못했다면, 빨리 서둘러 돌아와야 합니다. 그저 묵묵히 내 삽을 들고 내 힘으로 갈고 파서 내가 갈무리한 내 이랑 사이를 걷습니다. 그러다 한 번씩 올려다보는 하늘은 더 이상 내 머리 위에 있지 않습니다. 하늘도 밟고 설 수 있지요. 그렇게 하면 내 무덤까지도 내가 파고, 거기다가 내 맘에 드는 무늬의 자리를 만들어 깔고, 내가 '나의 시간'을 정하여 알아서 눕는 지경까지 이를 수 있겠지요. 그 자리에 눕기 전, 내 눈에는 제발 아무것도 남아 있지 않기를…… 아무것도 비추지 않기를…….

　평생 계율을 엄격히 지키며 용맹정진하여 득도한 스님이 있습니다. 득도한 눈으로 보니 계율도 책도 언어도 참 부질없습니다. 이제는 다 거추장스런 족쇄일 뿐입니다. 그래서 계율도 책도 언어도 버립니다. 그 옆에서 새끼중이 보고 있었습니다. 자기가 보기에 수행하는 일이 그럴듯해 보이기도 하고 득도한 경지에 도달하고 싶기도 한데, 계율을 지키기가 여간 버거운 게 아닙니다. 그래서 모든 과정 생략하고 바로 큰스님을 따라서 하게 됩니다. 계율도 책도 언어도 버리고 바로 득도한 척합니다. 큰스님이 계율을 버린 일과 새끼중이 계율을 버린 일은 차원이 다릅니다. 새끼중처럼은 하고 싶지 않습니다. 헛똑똑이로 살고 싶지 않을 뿐입니다. 핏발 선 눈동자를 가지고 싶지 않을 뿐입니다.

욕망을 지키는 자, 덕을 잃지 않은 자는 묵묵히 고행의 길을 감당합니다. 가볍게 풀풀거리지 않습니다. 관념의 사다리를 애서 치우고 아직 드러나지 않은 비밀스러운 삶의 능선을 조용히 넘으려 합니다. 나를 가벼운 곳에 두지 않습니다. 나를 천한 곳에 있도록 방치하지 않습니다. 다른 사람과 비교해서 나를 보지 않습니다. 나를 호되게 다루지 않고 조심조심 격려하고 사랑하고 보듬어 줍니다. 자신의 가장 가까운 친구로 마지막까지 자기 자신을 남겨 둡니다. 칙칙하지 않습니다. 밝고 환합니다.

소나무의 재현이 형하고 학부 시절부터 드문드문 함께 마시고 대화한 시간이 벌써 33년입니다. 참 무던한 양반입니다. 돈 많이 벌고 큰 빌딩 올리는 기적도 있지만, 안 망해 먹은 것만으로도 기적인 사람이 있습니다. 재현이 형이 그런 사람입니다. 취하지 않고는 마음의 소리 제대로 할 줄도 모르는 그 양반이 쥐어 준 신뢰와 우정이 글을 다듬는 내내 튀어나오곤 합니다. 책을 마무리하면서 재현이 형과 술 한잔 독하게 마시고 난 느낌을 갖습니다. 소나무에는 이상하게 모두 재현이 형 닮은 사람들만 모입니다. 특히 강주한 출판감독이 그러합니다. 나의 글은 그의 손을 지나고 나서 비로소 제 꼴을 갖추었습니다. 세상 사람들이 그것을 다 알아주면 좋겠습니다.

언젠가 어느 출판사에 특강을 갔었습니다. 제 특강을 들은 출판사 사장님께서 그날 강연 내용을 중심으로 하는 책을 내면 어떻겠느냐는 제안을 했습니다. 저도 주섬주섬 쓰고 있던 차라 흔쾌히 동의했습니다. 내 생각을 알아주는 분이 참 고마웠습니다. 원고가 거의 마무리되어 갈 때쯤, 〈수요포럼 인문의 숲〉(〈수요포럼 인문의 숲〉은 삼성생명 배양숙 FC 명예상무가 자비를 들여 기획하고 주최하는 포럼이다. – 편집자 주)을 만났습니다. 저는 여기서 "리더, 도가에서 길을 찾다"라는 제목으로 장장 40주의

강의를 했습니다. 준비된 원고로는 〈수요포럼 인문의 숲〉 초반 강의 때 활용하였고, 그것을 〈수요포럼 인문의 숲〉을 바탕으로 기획된 MBN의 〈지식콘서트〉라는 프로그램에서 대중들께 소개하였습니다. 〈수요포럼 인문의 숲〉은 연구실에만 있던 나를 더 단단하게 하고 넓혀 주었습니다. 한편 제가 처음에 준비했던 원고는 출판하기에 너무 딱딱하다는 평가를 받았습니다. 원래 제안했던 출판사에서는 오히려 거절당했습니다. 결국 소나무의 강주한 출판감독이 MBN 방송 내용을 바탕으로 기초적인 원고를 다시 만드는 수고를 하였습니다. 이 한 권의 책이 나오기까지 인연이 되었던 모든 분들께 감사드립니다.

다시 땅이 풀리고 새순이 돋습니다. 팔순이 지난 어머니 목소리에서도 춘기春氣가 느껴집니다. 고향 함평천지의 황토 기운이 참 그리운 시간입니다. 조금 노곤한가 봅니다. 이 찰나들의 경계에서 잠깐 '욕망'을 매개로 무아無我와 진아眞我의 말장난에 빠져 봅니다.

2013년 3월 26일 매우 늦은 밤
서강대 정하상관 연구실에서